版权专有　侵权必究

图书在版编目（CIP）数据

这才是孩子爱读的三国演义.北伐中原/(明)罗贯中原著；梁爱芳编著；小林君绘.-- 北京：北京理工大学出版社，2024.3

ISBN 978-7-5763-3125-7

Ⅰ.①这… Ⅱ.①罗… ②梁… ③小… Ⅲ.①《三国演义》—少儿读物 Ⅳ.① I242.4

中国国家版本馆 CIP 数据核字（2023）第 224125 号

责任编辑：申玉琴	文案编辑：申玉琴
责任校对：刘亚男	责任印制：施胜娟

出版发行	/ 北京理工大学出版社有限责任公司
社　　址	/ 北京市丰台区四合庄路 6 号
邮　　编	/ 100070
电　　话	/（010）68944451（大众售后服务热线）
	（010）68912824（大众售后服务热线）
网　　址	/ http://www.bitpress.com.cn

版 印 次	/ 2024 年 3 月第 1 版第 1 次印刷
印　　刷	/ 三河市金元印装有限公司
开　　本	/ 880 mm × 1230 mm　1/16
印　　张	/ 9
字　　数	/ 105 千字
定　　价	/ 299.00 元（全 8 册）

图书出现印装质量问题，请拨打售后服务热线，负责调换

主要人物

 ·陆逊
 ·曹真
 ·刘禅
 ·孟获
 ·魏延
 ·孟达
 ·马谡
 ·王平
 ·姜维

目录

61 患风疾曹操归西
　　—— 一代奸雄之死 1

62 激小人张飞殒命
　　—— 生得豪迈，死得憋屈 15

63 陆伯言火烧连营
　　—— 一把火烧灭刘备的雄心 28

64 白帝城刘备托孤
　　—— 刘玄德的最后一桩心愿 43

65 诸葛亮擒孟获
　　—— 孟获主打的就是嘴硬 55

66 孔明火烧藤甲兵

——胜利后,诸葛亮哭了 69

67 诸葛亮天水收姜维

——打仗赢了个好徒弟 82

68 一招错马谡守街亭

——诸葛亮也有看走眼的时候 94

69 诸葛亮巧施空城计

——司马懿一辈子的阴影 106

70 姜伯约诈降立大功

——最了解诸葛亮的是司马懿 120

患风疾曹操归西

—— 一代奸雄之死

刘备自从入川之后，把成都治理得风调雨顺、国泰民安，人人称颂他是贤德明主。更让刘备喜出望外的是，自己的二弟关羽以一人之力抗衡东吴和曹魏，水淹七军，活捉于禁，立下不世功劳。

然而，诸葛亮在听到这些消息后，忧愁多于喜悦。当他听到荆州来人说，关羽拒绝了东吴的联姻请求，立刻惊呼出声："孙刘联盟恐怕就此土崩瓦解了！"

思忖多日，他忍不住劝说刘备，把关羽从樊城战场上撤回来，可刘备不同意。眼看关羽就要长驱直入，直取中原，怎么能中途换帅呢？

诸葛亮沉默不语，晚上观看天象的时间越来越长，跟在他身后的小校问："军师，天上有你要的答案吗？"

诸葛亮轻声说："正因为没有，所以我才想知道。"

说话间，一颗火流星突然从天际划过，如同被箭矢击中的飞鸟，一头栽向大地。

诸葛亮感到彻骨的寒意。

这天后半夜，诸葛亮梦见了关羽，他站在昏惨惨的灯下，一言不发。

诸葛亮大喊一声："云长……"

人影倏忽不见，诸葛亮一身冷汗地从梦中惊醒。他慌忙下榻，登鞋，坐车入宫。

刘备正枯坐在宫室内，满脸泪痕。因为这一晚，他也梦见了关羽，和诸葛亮梦到的情景一模一样。

刘备一见诸葛亮就失声痛哭："二弟一定出事了！"

正说话间，就听见门外通报说马良求见。刘备的心更加慌乱了，连忙让人进来。

马良风尘仆仆地来了，带来了关羽被困麦城的坏消息，并呈上关羽请求援军的奏表，刘备吓得面色如土。

还没等刘备拆看奏表，廖化也到了。他一进门就哭，把刘封、孟达见死不救的来龙去脉说了一遍。刘备已经气到浑身筛糠，说不出话来。

诸葛亮说："当务之急是要解救荆襄的危机，王上宽心，我明天就亲自带人赶过去。"

刘备哭着说："不！我要亲自去！云长要是出了什么事，我绝对不会独活！"

于是，连夜调集兵马，准备救援事宜。只是，还没等到天亮，又有数份急报从荆州方向传来，说关羽父子被擒，死于东吴孙权之手。

"二弟！"刘备闻言大喝一声，昏死过去。

众人连忙上前又是掐人中，又是抚胸拍背，好半天的工夫，刘备才缓缓苏醒，哀号道："哎呀，痛死我了！"

众人慌忙劝解，刘备却止不住地捶榻大哭："我和云长、翼德桃园三结义，对天发誓，不能同年同月同日生，就要同年同月同日死。如今云长已死，我也不能苟活！"

诸葛亮劝道："王上此言差矣，您应该保重自己，为云长报仇才是。"

说话间，就看见关兴号啕大哭着进来，请求刘备为父亲报仇。刘备闻言，再次大哭起来，直到昏厥过去。

一连三天过去，刘备吃不下也睡不着，只是哀哀痛哭，哭得喉咙沙哑、眼珠血红，无论诸葛亮和文武百官怎么劝，都无法让他止住悲声。

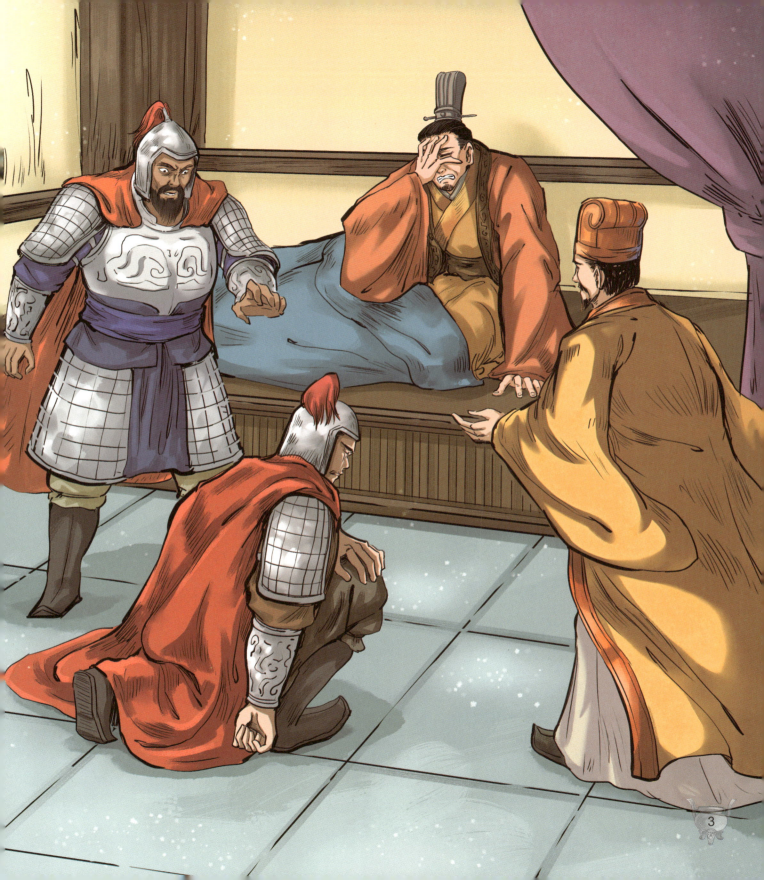

等到刘备终于哭够了，发誓说："我要立刻兴兵伐吴，为死去的云长报仇。"

诸葛亮面色凝重，劝道："主公，现在还不可以。我听闻东吴杀害云长后把云长的首级送给了曹操，这明显就是想嫁祸曹魏；曹操识破了东吴的诡计，厚葬云长，也是希望我们讨伐东吴。他们两家都想坐收渔翁之利，我们现在动兵，就会给了他们可乘之机！"

"那我二弟的仇不报了？我咽不下这口气。"

"不是不报，时候未到。王上可以先为云长发丧，等到东吴与曹魏不和，相互攻伐之时，我们再大举进攻，这才是上策。"

其他人也跟着再三劝谏，刘备这才强打起精神，为关羽办丧事。他让川中大小将士全部披麻戴孝，自己亲自出南门招魂祭奠。而后，勉强让自己的饮食起居如往日一样，只是夜夜梦魇，都是关羽。

和刘备一样惦记关羽的，还有曹操。自从他安葬了关羽的首级，就时常被关羽的魂魄纠缠，以至夜不能寐，头痛欲裂。

"偌大一个许都，就没人能治得了孤的头疾吗？"曹操的头发已经花白了，脸上爬满了被剧烈头痛折磨出的皱纹，仿佛一截干枯的老树桩。

华歆说："大王，您听说过神医华佗吗？我听说他如今就在金城，离这里不远，不如召他前来为您医治？"

"孤听说过这个人，但并不知道他的医术怎么样。"

"他的医术精妙，世间少有。人们都说他是扁鹊、仓公再生！"

曹操立即派人连夜将华佗请来。

华佗须发皆白，清瘦矍铄，穿着一件半旧的青布袍子，肩膀上搭着一条布褡裢。再往脸上瞧，寻常长相，看不出什么特别之处。

"听说你很有名。"曹操用夜枭一样锐利的目光盯着华佗。

华佗平静地答道："治过一些病，救过几个人，有些虚名罢了。"

"哦?"曹操意味深长地问,"那孤的病,你说说怎么治。"

华佗说:"大王头脑疼痛,因患风而起。病根在头颅深处,药石无法根治。我倒是有一个办法,大王需先喝下麻沸汤,待大王无所觉后,我再用利斧破开大王的头颅,将风涎取出,就能根治了。"

曹操闻言色变:"什么?你要破开孤的头颅?你想杀孤?"

华佗面色如常,说:"大王,小人只是个医者,怎么敢加害大王您呢?当初关羽中了毒箭,需要破开皮肉,刮骨疗毒,他都毫无惧色。大王这小小疾病,为何如此多疑?"

"你给关云长治过箭伤?"

"是的,他是个大英雄,刮骨疗毒,甚至都不需要麻沸汤,那痛苦不是寻常人能承受的。可他连眉头都没皱一下,一边下棋一边喝酒吃肉,豪气干云。老夫生平从来没见过这样的硬汉。"

"哈哈哈!孤明白了!"曹操突然纵声大笑,那笑声越来越凄厉,笑容也越来越狰狞,"原来你仰慕关云长,你是来替他报仇的!"

曹操立刻让左右将华佗抓起来,押下去严刑拷问。

一旁的贾诩想为华佗求情:"医术好的医者,世间罕有,不如就放了他吧。"

被人押着的华佗也有些慌了,为自己辩解道:"大王,我身为医者,只知道救人性命,从来没有过害人之心。"

曹操冷笑一声,问:"华大夫,你听说过吉平吗?"

吉平,那个冒死毒杀曹操的太医,华佗自然知道。既然曹操把自己当成另一个吉平,必然不会给自己证明医术的机会了,那还有什么辩解的余地呢?华佗想到这儿,只能苦笑,任由士兵押着自己离去。

"我死以后,怕是再也没人能救得了你的命了。"

可曹操根本不信。

半个月后，华佗死在了狱中。

因为没有得到有效的医治，曹操的头痛越发严重了，经常从梦中大叫着醒来，眼前昏花一片，巨大的恐惧紧紧包裹着他，让他感到窒息。

正焦躁不安时，曹操收到了东吴孙权派人送来的书信。孙权在信中表示，希望曹操早日登基做皇帝，并承诺只要曹操登基以后出兵剿灭刘备，他愿意率领江东群臣、百姓俯首称臣。

曹操看完以后大笑着说："这个碧眼小浑蛋，把我架在火上烤呢！他想让我篡汉之后帮他扫平两川，打得一手好算盘！"

有个叫陈群的官员说："大王，臣以为孙权的主意不错。汉室衰微多年，仰赖大王文治武功才得以苟延残喘。如今大王若是能早登大统，也可安天下人之心啊！"

陈群的话得到了一众臣子的响应，大家纷纷跪地，请曹操称帝。

曹操内心五味杂陈，说不出是欢欣还是慰怀，只觉得眼眶火辣辣的，好像多年征战的雨雪风霜一齐涌到眼前、堵在喉咙口，让他好半天说不出话来。

他不是没有动心，但很快就醒悟过来，笑着说："孤虽然对汉家天下有功，但已经得到了'一人之下，万人之上'的尊位，哪里还敢奢望面南而坐呢？诸位都不必再劝了，假如天命在孤，孤只愿做周文王。"

曹操的意思再明白不过了，他不愿篡权自立，但假如他的儿子曹丕像当年的周武王那样当了皇帝，他不介意做那个被追封为周文王的老父亲。曹操的算盘打得挺好，可曹丕却没有让他如愿——曹丕称帝后，追封曹操为魏武王，将文王的谥号留给了自己。

"既然如此，大王不如对孙权封官赐爵，让他去对付刘备。"

曹操看向说话的人——司马懿，虽然他的提议让曹操很欣赏，但从他身上散发出来的气息却让曹操感到不适，那是猛兽拼命想要隐藏却无法隐藏的野心。

曹操当即就派使者带着封孙权为骠骑将军、南昌侯，领荆州牧的诏敕前往东吴。

因为忧思焦虑，曹操的头痛更严重了。

这天晚上，曹操做了一个奇怪的梦，梦里有三匹马挤在一个马槽上吃草料，一匹青壮马和两匹马驹。那匹青壮马始终垂首，马驹中的一匹却冲着曹操龇牙一笑。

天亮之后，曹操总忘不了那匹马驹白森森的牙齿，于是问贾诩，贾诩说："这是禄马，是吉兆啊！"

曹操心中半信半疑。

再看到司马懿的时候，曹操又想起了这个梦，忽然开口问："仲达，你有几个儿子？"

司马懿答道："两个犬子，长子司马师，次子司马昭。"

"哦，父子英雄啊！"曹操意味深长地一笑。

这天晚上，曹操又做噩梦了，头晕目眩睡不着，便披衣而起靠在几案上闭目养神。

忽然，殿外传来窸窸窣窣的声响，曹操睁眼看去——

"丞相，别来无恙啊！"是关云长的声音。

"曹贼，你害得我好苦啊！"是董承的声音。

还有伏皇后、董贵人、二皇子，连同伏完等二十多人，个个满身血污站在愁云中，隐隐约约发出"还我命来"的声音。

"你们滚，都给我滚啊！"曹操惊惧之下发出骇人的吼叫，一边大叫一边拔出宝剑砍来砍去。

万籁俱寂，宫殿内只有曹操的吼叫发出瓮声瓮气的回响。没有关羽，也没有董承，一切都是曹操的幻想。

"原来是我的寿数到了啊。"曹操缓缓闭上眼睛，任双目滚滚泪下。他召曹洪、陈群、贾诩、司马懿等人同至卧榻前，嘱以后事；而后又叫来妻妾叮嘱，嘱咐完毕后长叹一声，气绝而死。时年六十六岁。

曹操去世的这一年，是建安二十五年（公元220年）的春天，春雨来得特别早。

世子曹丕袭了魏王之位后，先是收回了二弟曹彰的领兵之权，又以"不来奔丧"为由要治三弟曹植、四弟曹熊的罪。曹熊见到曹丕派来的人后，知道在劫难逃，直接畏罪自杀。曹植则是将曹丕派来的人打了出去。

曹丕大怒，再派许褚去临淄城将曹植绑到邺郡。

曹丕几兄弟的母亲卞夫人，听说曹熊自缢的消息后伤心不已。如今猛然又听说曹植被擒的消息，急忙去见曹丕，哭着说："子建平生最爱喝酒，性子有些疏狂，那不过是自恃才华，骄傲放纵，并没有其他心思。你一定要顾念手足同胞之情，留他性命。不然我就算死了，也不能瞑目啊！"

卞夫人哭得可怜，曹丕只得承诺不会伤害曹植。

很快，曹植就被押到曹丕面前。

曹植聪明过人，哪能不知道兄长曹丕打的是什么算盘。曹丕想做魏王，就必须铲除所有对他有威胁的兄弟。而他，曾经深得父亲偏爱，无疑是威胁最大的那个。

其实，对于曹丕即位，他一点怨言都没有。无论从哪个方面来说，兄长曹丕都比自己更像一个掌权者，他根本没有争的能力。有母亲卞夫人在，他的性命应该也是无忧的，只不过可能要遭受一些刁难，对此，曹植全无惧色，一张白玉般的俊脸上满是平静。

曹丕坐在堂上，手心里都是汗。曹子建，这个比自己年轻又比自己幸运的男子，深得上天青睐，给了他出尘的气度、不凡的才华，更给了他世上所有人偏爱、艳羡、仰慕的目光……

他看着这个芝兰玉树一般的男子在他面前跪倒，说："臣，见过魏王殿下。"

一晃神的工夫，曹丕马上站起来，双手扶起曹植，说："弟弟，你我之间不需要这样。"

曹植冷漠疏离地后退一步，再次行礼，说："魏王是主公，臣不敢僭越。"

这刻意摆出的疏离姿态，不但没能让曹丕放下戒心，反而激怒了曹丕。只听曹丕冷笑一声，说："你说得不错。从大义上说，你我是君臣。你仗着自身才华蔑视礼仪，我不得不治你的罪。但从亲情上说，你我是兄弟，所以，我给你一个免罪的机会。都说你曹子建出口成章，现在我限你在七步之内作诗一首。作出来，可免你一死；作不出来，我就要从重治你的罪。"

曹植对这个再明显不过的刁难无动于衷，说："请赐题目。"

"就以墙上的这幅画为题，不可出现'二牛斗墙下，一牛坠井死'的字样。"

曹植七步之内，出口成章。

"竟然真的让曹子建写出来了！"曹丕及群臣皆震惊不已。

曹丕又说："七步成诗，我觉得还是太慢了，你再应声而作诗一首。"

"请赐题目。"

"以兄弟为题，不许出现'兄弟'二字。"

一瞬间，曹植的脑子里闪过了许多儿时的画面，他不假思索，脱口而出："煮豆燃豆萁，豆在釜中泣。本是同根生，相煎何太急！"

此诗一出，满堂大惊、四座哗然！

曹丕听到曹植的吟诵，也回忆起儿时与弟弟一同读书作诗、嬉戏玩耍的情景，不由得潸然泪下。

这时候，躲在屏风后的卞夫人泪流满面地走出来，颤声道："他是你的亲弟弟！你为何要将他逼到这个地步？骨肉相残，你于心何忍？"

曹丕慌忙离座，说："国法不可废，请母亲见谅。"然而，在母亲愈发冰冷的目光中，他说不下去了，只得挥袖放走了曹植。

继承了曹操的魏王之位后，曹丕并不满足，他一直在搞小动作，想让自己顺理成章地接管汉献帝的皇位。

他更新法令，重赏群臣，对汉献帝的掌控也更胜于父亲曹操。

这个消息传到成都时，刘备十分震惊，召来文武群臣商议对策。

他很想发兵北上，清君侧，救献帝。但在他的心里，北伐中原是安排在讨伐东吴之后的。因为义弟关羽的仇他时刻都不敢忘，每每想起，就痛彻心扉。

他甚至还想马上处死对关羽父子见死不救的刘封和孟达，但被诸葛亮以分开图之劝住了。

有人将这个秘密告诉了孟达，孟达见势不妙，直接溜之大吉，投靠了曹丕。

不仅如此，在刘备派刘封前来捉拿时，他还联合曹魏兵马夹击刘封，刘封大败而逃。

等刘封逃回成都时，身边只剩下百余骑人马。刘备一见他损兵折将，气得不行，直接处死了刘封。

等听说刘封曾在阵前撕毁了孟达的劝降信，还怒斩来使时，刘备才悔之晚矣。再加上哀痛关羽，导致刘备一病不起，东伐、北伐都得先放在一边了。

再说魏王曹丕这边，篡汉的准备工作还在紧锣密鼓地进行着。

这年八月，各地纷纷有祥瑞之兆上报：有人说在石邑县看见凤凰来仪，有人说临淄城有麒麟出现，还有人说有黄龙现身于邺郡……

于是，就有受过曹丕提拔与厚赏的大臣们投其所好，说："这种种祥瑞迹象，都是魏代汉的征兆啊。"

十月，曹丕的亲信华歆率领着文武百官联名上书，劝汉献帝把帝位禅让给魏王曹丕。汉献帝哭着不从，但百官苦苦相逼，曹洪和曹休甚至拔出宝剑向他索要玉玺。有看不过去的大臣出来直言，也被武士推出去杀掉了。汉献帝只得被迫写下禅位诏书。

到了这个地步曹丕还不肯作罢，逼着汉献帝配合着演了一场"三推四让"的戏码，之后还要在受禅坛上公开禅位，这才完毕。

曹丕接过了汉献帝亲手捧给他的玉玺，受了群臣的八般大礼，这才高高兴兴地登上了帝位。

趣味链接：曹操的七十二座疑冢

相传，曹操在没钱养军队的时候，居然通过大规模盗墓获取钱财，袁绍讨伐曹操的时候还在檄文中将这件事大书特书了一遍。作为一个"盗墓贼"，曹操也害怕自己死后被人挖掘坟墓，于是在彰德府讲武城外（今河北省邯郸市临漳县、磁县漳河一带）造了七十二座疑冢。

魏晋之后的人们，对曹操有"七十二疑冢"这件事一直深信不疑。毕竟在文学作品和民间传说中，曹操都是一个生性多疑、阴险狡诈的人，留下七十二座疑冢的事儿他绝对干得出来。宋代诗人范成大还写了这样一首诗："一棺何用冢如林，谁复如公负此心。"

经过《三国演义》的宣扬，曹操的七十二座疑冢几乎成了一个妇孺皆知的千古之谜。但真相并非如此。根本不存在所谓"七十二座疑冢"，曹操的真正陵墓于2009年被考古发掘出来了，就在河南省安阳市高陵。

曹操的陵墓究竟长什么样呢？是不是也像秦始皇陵那样神秘莫测？不是。曹操的墓很低调，既没有封土，也没有种植高大的乔木，内部装饰也很简单，没有贵重的殉葬品，完全符合曹操生前倡导的"薄葬"理念。

激小人张飞殒命

——生得豪迈，死得憋屈

刘备一心想进攻东吴，为关羽报仇雪恨，但诸葛亮考虑的却是如何尽快让刘备称帝。

自从曹丕称帝的消息传来，诸葛亮就开始思索这个问题。汉中王要再想和曹丕对阵，地位就不对等了。

但刘备不同意呀。听闻禅位之后的汉献帝已经被害，刘备就大哭了一天，还让百官戴孝，郁郁寡欢了好久。一看到群臣奏请，让自己也即位称帝，刘备勃然变色："我怎么会和那个乱臣贼子做一样的事情呢？"说罢，拂袖离朝。任凭蜀中的文武百官把嘴皮子都磨薄了，刘备就是不同意当皇帝。

众大臣十分苦恼，诸葛亮却淡然笑道："诸位不必心忧，亮自有妙计！"

第二天，诸葛亮就开始称病不上朝。一连几天，朝堂上都没有诸葛亮的身影，刘备的心里空落落的。这天，刘备下朝之后，亲自来到诸葛亮的府邸探病。

诸葛亮躺在床上，愁眉苦脸，唉声叹气："王上，亮的日子不多了。"

刘备大惊失色，问："军师，你究竟得了什么病？"

"忧心如焚，得的是心病，"诸葛亮喟然长叹。

"军师为何忧心？"

"最近几天，臣总是在想，当初大王三顾茅庐，请我出山，难道图谋的不是天下大计吗？如今曹操已死，曹丕称帝，汉祀就要断了。眼下刘姓江山都系于大王您一身，您却坚持不称帝，这岂不是让刘氏宗祖的基业落入奸贼之手？您百年之后有何面目去见祖宗？文武百官都想要尊大王为帝，灭魏兴刘，建功立业，大王却一再推辞，长此以往君臣离心，要不了多久，曹魏、东吴的铁骑就会踏平两川，我怎么能不忧心呢？"

诸葛亮的话字字句句都入了刘备的耳，更入了他的心，他思索良久，这才轻声叹道："并不是我故意要推阻，只是……我若为帝，天下人会如何议论我呢？"

诸葛亮一脸正色道："古人云，名不正则言不顺。如今大王名正言顺，天下百姓都盼着大王复兴汉室，怎么会议论您呢？"

刘备面上还是有些迟疑，说："这事还需从长计议，等先生病好了再说吧……"

诸葛亮揭被而起，哈哈大笑："臣好了！"

说罢，还用手叩了叩屏风，一瞬间，屏风后转出文武百官，哗啦啦跪了一地，齐声奏道："请王上登基称帝！"

刘备被吓了一跳，而后长叹一声："都是你们陷我于不义啊！"

诸葛亮笑着说："王上既然答应了我们的请求，那就抓紧时间修建祭坛，选择吉日，举行登基大典。"

建安二十六年（公元221年）四月，刘备在成都称帝，国号为"汉"，后世称"蜀汉"。

宣读完祭文后，刘备捧着玉玺缓步登上祭坛，接受文武百官的拜贺。而后，他改年号为章武，立刘禅为太子，诸葛亮为丞相。蜀地的大小官僚，全都得到提拔、厚赏，同时大赦天下，两川军民都欢欣不已。

当上皇帝的刘备，心里最惦记的事还是征讨东吴，替关羽报仇。

赵云劝谏说："如今曹丕篡夺汉室政权，人神共怒。陛下应当尽快图谋关中，到时候天下仁人义士都会带着粮草，策马迎接王师。讨伐东吴，报兄弟之仇，是私事；讨伐

国贼，稳定社稷，才是天下大事，请陛下以天下为重。"

"要是不能为云长报仇，我就算拥有万里江山，又能怎么样呢？"刘备已经深陷心魔不能自拔，不听任何人的劝谏。

他日日在教场练兵，还派人去给驻守阆中的张飞下旨，命他准备出征，讨伐东吴。

使者见到张飞时，他又喝得酩酊大醉，抱着酒坛滚在地上，浑身是土，满脸泪痕，嘴里呜呜咽咽地哭诉："二哥，二哥，你死得好惨……"

周围将士沉默不语，谁也不敢劝阻。张飞的脾气本就如炸雷一般，自从关羽被害后，他日日醉酒，脾气更坏了，帐下只要稍有人不合张飞的心意，他就会鞭挞那人出气。挨打的人若是求饶，还会被打得更狠，甚至有人被活活打死。

听到大哥刘备派了使者前来，张飞急忙将人迎入大帐。接了旨意后，张飞问："我二哥被害，这个仇不能不报，朝中的大臣们怎么不奏请早日出兵？"

使者说："朝中的大臣们都觉得当务之急应该先出兵伐魏，之后再讨伐东吴。"

"这怎么行？二哥的仇才是大事，一刻也不能等。我要亲自去成都一趟，和大哥商量给二哥报仇的事。"说罢，张飞一跃而起，骑马直奔成都。

成都这边，刘备每天都泡在教场操练军马，筹备御驾亲征之事。文武百官陪侍一旁，脸色都很难看。天子刚刚登临帝位，就要亲率军队出征，这于江山社稷根本不算好事！可他们苦苦劝谏，却被刘备一次一次拒绝。就连诸葛亮也发出了无奈的叹息。

眼下，他们聚集在教场，只是想再努力一次。

诸葛亮率先开口道："陛下，天子尊贵，身系一国命脉，若是讨伐国贼，声张天下大义，亲率六军还说得过去。若只是讨伐东吴，派一上将军率军前去即可，何必非要御驾亲征，以身试险呢？"

刘备这些天多次听到类似的劝谏，心中也稍有动摇。

正在这时，张飞骑着马冲入教场，滚鞍下马，一把抱住刘备的腿，就号啕大哭起来。

男儿有泪不轻弹，只是未到伤心处。三弟翼德身经恶战无数，遭遇险境无数，刘备也不曾见过他这样痛哭流涕，一时间也跟着悲从中来。张飞一边哭一边呼唤着关羽："二哥，二哥，你死得好冤啊！你为大哥出生入死几十年，你死了，大哥都不想着为你报仇雪恨！大哥做了皇帝，只图安逸，早忘了桃园结义之情！"

"三弟，不是这样的。众多官员劝阻，我也不能轻举妄动啊。"张飞的埋怨令刘备心头一阵绞痛，眼泪止不住落下，旋即和张飞抱头痛哭起来。

"大哥，别人哪里懂我们兄弟间的盟誓？大哥要是不去，就让我去，我要给二哥报仇！我忘不了二哥……"

"三弟，我和你一起！"刘备紧紧攥住张飞的手，"咱们兄弟生死一体，一定要给云长报仇！"

眼看着刘备好不容易松动的御驾亲征之心又被张飞搅乱了，一个名叫秦宓的官员跪在地上，恳切地说："陛下，万万不可为了报私仇，而不顾自己的万乘之尊啊！若是亲征途中有何不测，陛下要我等怎么办呢？"

"我正打算兴兵，你为何要说这样不吉利的话呢？"刘备铁青着脸怒道。

秦宓面不改色，说："臣死不足惜，只是担心大汉基业会毁于一旦啊！"

刘备闻言震怒，斩钉截铁地说："推出去，斩！"

诸葛亮和朝臣急忙上前，替秦宓求情，刘备才拂袖离去。不过，他当天就选定了跟随他出征的将领黄忠、赵云等人，整肃了七十五万大军，准备七月出发。

诸葛亮被留在两川，与太子一起镇守后方。

张飞也启程回阆中，准备出征东吴事宜。临行前，刘备再三叮嘱他道："我唯一放心不下的就是你酗酒的坏习惯，听说你最近还总借酒鞭挞军中士兵，这样做后患无穷。眼下出征在即，你千万要克制自己，不要坏了大事。"

张飞道："陛下放心，我知道了。"

张飞回到阆中的第一件事，就是命令三军挂孝——三天内，要让整个军营做好白旗、白甲，士兵人人裹素。

这个命令让负责筹办的将领范疆、张达感到头大。三天之内置办好这么多衣甲旗帜，除非织女下凡来帮忙，否则根本办不到！不得已，他们只好硬着头皮入中军帐，向张飞求情："将军再宽限几天吧，三天实在置办不出来。"

张飞一把捏碎了手中的酒杯，说："你们找死？我着急为二哥报仇，恨不得明天就能到达东吴的地盘，你们居然敢违抗我的军令，阻拦我为二哥报仇？办不好就提头来见我！"

范疆、张达吓得魂不附体，不等他们再开口辩解，就被张飞命人扒光了上衣，捆在树上。张飞怒气冲冲地抢过鞭子，狠狠地抽打在二人的背上，一口气抽了五十鞭。他用手指着二人，吼道："明天若是还办不好，就要你们的狗命！"

范疆和张达被打得遍体鳞伤，挣扎着回到营房，相对垂泪。范疆突然握紧拳头，低声道："今日受了这样重的刑责，我们还怎么能把事情办好？这人脾气这样火爆，要是明天事情真的没办成，我们怕是要难逃一死了！左右是个死，我们不如搏一把，先下手杀了他！"

张达吓得急忙捂住范疆的嘴巴，轻声说："小声点，你找死吗？让人听见咱们还有命吗？"

范疆眼睛直勾勾地盯着张达，问道："兄弟，你要眼睁睁等死吗？"

张达两颗眼珠凝固了，半天才转了一轮，犹豫道："万一杀不了他……"

"杀不了，就是咱们兄弟命苦，"范疆低声说，"如果老天爷保佑我们，让他今晚醉倒……"

半夜时分，范疆和张达听到张飞醉倒的消息，忍着背后的剧痛，手里握着短刀，溜到了张飞的营帐附近。只见帐内并无灯光，张飞早早就睡下了。

原来张飞毒打完范疆和张达后，胸口憋闷得厉害，暗想："难道是我年纪大了？心跳得竟然这么厉害，也罢，喝口酒压压惊吧。"

想到这里，张飞便让随身伺候的小校搬酒坛来。小校低声说："将军，陛下说不让您喝酒。"

张飞怒目圆睁，大喝："废什么话？是不是找打？快去！"

小校赶忙闭嘴低头，快速搬来酒坛，摆在张飞面前就退了下去。

张飞召来部将同饮，不知不觉就喝得酩酊大醉，竟然有了许久不曾有过的轻松畅快。

"痛快，好酒！"

"喝啊，喝！"

"不喝够，谁也不许走……"

…………

张飞醉倒在帐中，不记得什么时候宴散人去，更不知道什么时候睡在了榻上。

张达悄悄问范疆："哥哥，要是被人发现了怎么办？"

范疆灵机一动，说："就说咱们有重要情报要当面禀报。"

"还是你机灵！"张达竖起大拇指夸赞了一句。

而后，两人潜入大帐，蹑手蹑脚地来到张飞榻前。听着张飞的呼噜声越来越近，二人的心也提到了嗓子眼儿。

"他……睡着了吗？"

"好像睡着了。"

"哥哥，我不敢……"

"我来！"范疆说着话，轻轻拔出短刀，向床榻靠近。只一眼，范疆便吓得魂飞魄散，整个人呆立榻边，像被冻僵了一样。

只见张飞仰面朝天躺在榻上，两只铜铃般的眼睛大睁着。

张达膝盖一软,"咚"的一声跪在地上,没命地磕头求饶:"将军饶命,小人该死!"

可床上呼噜声震天响,张达闹出这么大动静儿,张飞依旧没有醒来。

范疆壮着胆子再看一眼,张飞的大眼仍旧瞪得溜圆,却和白天不同,那眼珠一动也不动。之前军中就盛传张飞睁眼睡觉,原来竟是真的。

想到这儿,他一把捂住张达的嘴,轻声说:"你小声些!他没醒,没醒!"

张达一愣。范疆却不再管他,只是就着朦胧夜色凑到榻边,高高举起手中短刀,对着床中间猛刺过去。

"啊!"睡梦中的张飞被剧痛惊醒,可来不及说一句话,更没有办法挣扎,就又挨了第二刀、第三刀。很快,张飞就一动不动了。

英雄一世的猛张飞,在长坂桥喝退曹操百万雄师的三将军,就这样死在两个无名小卒手里,时年五十五岁。

张达望着张飞魁硕僵直的躯体,问范疆:"我们杀了……他,接下来该怎么办?"

范疆咬咬牙,说:"一不做二不休。拿他的头颅去东吴讨个晋升的门路吧。"

就这样,两人带着张飞的头颅,连夜逃向东吴。

许是兄弟连心的缘故,在张飞被害的这个晚上,刘备也睡不安稳,一颗心七上八下,好像有不祥的预感。当时刘备已经出征,他连夜派人送信回成都,询问诸葛亮。

诸葛亮也愁容满面,回奏说:"陛下,臣近日夜观天象,发现有一颗将星陨落,三天之内,定会有应验。陛下不如先按兵不动,探明情况后再做打算。"

诸葛亮不敢明说,因为他已经猜到了,那颗将星就是张飞。那个憨直、忠勇的三将军已经不在人世了!

几天后,张飞的死讯传到刘备那里,刘备登时昏厥过去。次日,张飞的儿子张苞抬着张飞的棺椁赶到,哭诉道:"范疆、张达杀死我父亲,还带着父亲的脑袋投奔东吴,请求陛下为我父亲报仇。"

刘备哭得死去活来："两个义弟都被奸人所害，朕活着还有什么意思？贤弟啊，黄泉路上等等我，哥哥来了……"

一声声哀唤摧肝断肠，文武百官无不垂泪，纷纷上前解劝安慰刘备："陛下还有大仇未报，怎么能这么不爱护自己的身体呢？"

刘备缓过神来，第一句话就是问张苞："朕要兴兵为你父报仇，你可敢做先锋？"

张苞虎目圆睁，颇有当年张飞的神采："臣万死不辞！"

"我不同意，我要做先锋！"随着一声暴喝，营门外进来一个白袍小将。刘备一看，正是关羽的儿子关兴。一阵酸楚迅速袭上心头，刘备不免又落泪婆娑。

关兴对张苞说："哥哥，我也有父仇要报，我们来比武，谁赢了谁做先锋！"

张苞叫了一声好，和关兴一起来到教场，先比刀马功夫，又比射箭。张苞轻舒猿臂，拉开硬弓，一连三箭都射中了靶心，引得众将士连连喝彩。

关兴却说："射中靶心有什么稀罕的呢？难道还有人射不中靶心吗？"

正在这时，天空一行大雁飞过，关兴以手指天，傲然道："我就射第三只雁，射中其他的都不算本事！"

说完，拈弓搭箭，"嗖"的一声，羽箭破空声响起，第三只大雁应声而落。教场上的喝彩声经久不息。

张苞急了眼，挥舞父亲的丈八蛇矛，直指关兴："来来来，你我大战三百回合！"

关兴的兵器是一把和父亲青龙偃月刀类似的大刀，只可惜父亲的那把青龙偃月刀已经遗落东吴，他只好依样打造了一把差不多的。听到张苞的挑衅，关兴挥刀拍马就要上前。

刘备连忙劝阻："你们为父报仇心切，朕知道，但怎么可以兵刃相向、兄弟相残呢？"

一句话说得张苞和关兴面红耳赤，二人丢下兵器，拜伏请罪。而后，两人折断羽箭立誓，生生世世为兄弟，一起为父报仇。

张苞对关兴道:"我痴长你一岁,是哥哥。"

关兴眼中泛起泪花,喊了一声"大哥"。

刘备听了顿时泪如决堤。三十多年前桃园三结义的热血情景在他的眼前重演,可是和他结拜的兄弟却已经不在人世,只留下他这个孤零零的大哥,在风中老泪纵横。

"二弟……三弟……"

刘备当即诏命张飞的部将吴班为先锋,让张苞和关兴护驾,水陆并进,浩浩荡荡杀向东吴。

刘备建立的政权是蜀还是汉

我们印象中的三国,通常是魏、蜀、吴三个政权,但其实这是不对的。

刘备在成都登基称帝时,使用的国号是"汉"。因为刘备一直以刘氏皇族自居,打的也是兴复汉室的旗号,他建立的新朝廷是刘汉王朝的延续,自称和对外仍然用的是"汉"。

但曹魏认为自己得到了汉献帝的"禅让",是唯一合法的政权,自然不承认刘备"承汉祚"的说法,提到刘备时常称其为"贼",称刘备的政权为"蜀"。

《三国志》作为晋朝的官方史书,晋朝又是从曹魏"禅让"而来,自然顺延了曹魏的说法,不认可刘备延续"汉"的存在,将其政权称为"蜀"。

那"蜀汉"一说是怎么来的呢?因为刘备建立的政权在蜀地,后世人为了将它和西汉、东汉区分开,称其为"蜀汉"。但刘备及蜀汉众人是不会用"蜀国""蜀汉"称呼自己的,就是简简单单的"汉"。

陆伯言火烧连营

——一把火烧灭刘备的雄心

话说孙权得知刘备率领七十多万精兵御驾亲征的消息后,不由得忧心忡忡,召集百官商议对策。

诸葛瑾毛遂自荐,说:"我愿意去白帝城说服刘备退军,让两国握手言和,一起讨伐曹丕。"

孙权拉着诸葛瑾的手,语重心长地说:"关键时刻,还得靠子瑜你啊!"

诸葛瑾脑子里闪过弟弟诸葛亮那张软硬不吃的脸,心里有一瞬间泄了气,不过他很快就重拾信心对孙权说:"臣一直受您的厚待,自当尽心竭力,以死相报。"

可惜,刘备并没有给诸葛瑾面子,他听了东吴给出的调停方案后勃然大怒。这奸诈的孙权,竟然把吴蜀交恶的过错全推到吕蒙的头上,说是吕蒙与云长关系不好,擅自出兵,误成大事——反正吕蒙已死,也不能从坟里爬出来反驳。

诸葛瑾还说:"如今吕蒙已死,恩怨自当平息。吴侯希望能恢复孙刘联合,共同对抗曹魏。为了表示诚意,吴侯打算把荆州和孙夫人都送还给您,望您三思。"

刘备冷笑一声:"你们把我当成见利忘义的小人了吗?我二弟屈死江东,魂魄尚且不得安宁,你就敢来我面前说这种巧言狡辩的话,真是好大的胆子!"

诸葛瑾慌忙解释："陛下，您是汉室皇叔，如今汉帝已被曹丕逼迫退位，您对曹魏不管不问，反倒想要讨伐东吴，我认为陛下做得不对。曹丕对东吴和蜀地虎视眈眈，早晚会挥师南下，不可不防啊！你我两家联合关乎生死存亡，请您先把个人恩怨放在一边……"

"住口！你东吴与我的仇恨比海深，想让我罢兵，绝无可能。"刘备怒极，大喝一声，"若不是看在丞相的面子上，我早把你斩首示众了！你快滚回去告诉孙权，洗干净脖子等死吧！"

诸葛瑾见无法说服刘备，只得连夜从白帝城逃回东吴。见了孙权，他将来龙去脉一讲，孙权愁得把自己那几根胡须都快揪断了，长叹一声："要是这样的话，江南就危险了！"

在谋臣的建议下，孙权上表曹丕称臣，要求抱大腿——请曹丕出兵汉中，迫使刘备班师回去救援，以解东吴之困。

曹丕自然知道孙权的那点心思，他册封孙权为吴王，赐九锡，该给的荣耀都给了，就是不出兵。

孙权左等右等只等来了这点虚名，无奈只得调兵遣将独自应对刘备。可帐下谁能替他领军呢？一说到这个问题，众人都沉默不语。

"周瑜之后有鲁肃，鲁肃之后有吕蒙，如今吕蒙也不在了，怕是再也没有人能为孤分忧了！"孙权叹息道。

"末将愿意领兵前往，击退蜀兵。"少年将军孙桓出列请战。

"末将愿意同去。"虎威将军朱然站出来说。

孙权于是点水陆军五万，封孙桓为左都督，朱然为右都督，出兵抵御蜀兵。

然而，刘备大军不仅人多势众，还被一股复仇的杀气裹挟着，简直称得上神勇，接连击败东吴军队，杀了李异、谢旌、谭雄等将，很快便打到了彝陵地界。

被困彝陵的孙桓急忙派人去向孙权求救，孙权派出韩当为正将，周泰为副将，潘璋为先锋，凌统为合后，甘宁为救应，率领十万大军前去抵抗。

然而，甘宁、潘璋先后战死，刘备乘机攻占了猇亭，东吴军队上下一时间人心惶惶。

先前投降东吴的糜芳、傅士仁听闻风声不妙，又偷着叛逃，杀了马忠作为投名状，来向刘备请罪。刘备微微一笑，收了他们的大礼，转头就把糜、傅二人的首级砍下来祭拜关羽。

此时，刘备的威声大震，江南之人纷纷吓得胆战心惊，日夜号哭。

孙权听了探马的消息，彻底睡不着觉了。眼看着曹丕迟迟不动兵，心里越来越凉，便想争取个主动，把张飞的首级，连同凶手范疆、张达一起送到刘备的帐下。同时送来的，还有归还荆州的公函，以及孙尚香写给刘备的信。

刘备看了信后，默默掷在地上，对东吴使臣说："首级和凶手我收下了，其余的一概免谈，战场见。"

而后，刘备从猇亭排兵布阵直到川口，绵延七百里，前后四十座营寨，白天旌旗蔽日，夜晚火光映天。

孙权再次被刘备的决绝震撼，叹息道："这个大耳贼，今生偏要和我过不去了？从前我有周瑜、鲁肃、吕蒙，可如今又有谁可以托付大事？唉！"

孙权的一声长叹，无限悲凉。

阚泽突然扬声道："主上何必沮丧，现在东吴就有一根擎天柱，为什么放着不起用呢？"

"谁？"

"陆逊！"

这两个字伴随着一个颀长清瘦的身影浮现在孙权眼前，一副弱不禁风的书生模样，他的脸过分地白，好像由上等羊脂美玉雕刻而成，却又多了几分病态。

"这样的人能领兵打仗吗？"孙权疑惑地问。

阚泽急道："主上还记得白衣渡江吗？那就是陆逊给吕蒙出的主意。之前攻破关羽，谋略安排也都是出自陆逊。他虽然是个儒生，却有雄才大略，在我看来，不在周瑜之下。"

老臣张昭虽然已经年迈，但还在朝堂上，他直言不讳："主上，臣以为陆逊不是刘备的对手，不适合做兵马都督。"

顾雍也说："陆逊年纪小，没什么声望，恐怕不能让众人信服，那样岂不是误了大事！"

阚泽闻言高声呼喊："臣愿意以身家性命为陆逊作担保，求主上见陆逊一面，再做定夺。"

孙权半信半疑，可等他见到陆逊眼睛里流露出的平静而深邃的目光时，心中陡然升起了一股异样的感觉——那种目光他在周瑜的眼睛里见到过。

他饶有兴致地问陆逊："如今蜀兵临境，阚泽以身家性命向孤举荐你来统领军马，攻破刘备。你怎么看？"

陆逊温和却坚定地说："江东文武，都是大王的臣子，自当为大王效力。只是我年幼资历浅，恐怕不能令众人信服。"

"这好办！"孙权说着，取下自己的佩剑交给陆逊，说："孤的佩剑交给你，谁不听你的军令，斩立决！"

这一幕似曾相识，赤壁之战前，孙权也是这样于众目睽睽之下，赐给周瑜自己的佩剑。接过宝剑的周瑜意气风发、仰天大笑，自此睥睨江东，无往不胜。而眼下，那种舍我其谁的神采悄悄爬上了陆逊的眼角眉梢，众人不禁心头一凛。

为了给陆逊撑腰，孙权还接受了阚泽"登坛拜将"的建议，连夜筑坛，聚集百官，拜陆逊为大都督，赐宝剑印绶，统领东吴六郡八十一州兼荆楚诸路军马。

陆逊领命后，即日出发，到猇亭的东吴大营。

然而，升帐议事时，果然有人因为陆逊的年轻和书生气质不服从安排，陆逊下令让众将领严守各处关防，不许轻敌。众将领却都笑他懦弱，不肯坚守，一味地请战。

陆逊气急,拿出孙权赐下的佩剑,厉声说:"我一介书生,得主上重托,就是因为我有计划。你们不许轻举妄动,有违抗军令者,杀无赦。"

众将士听他这么说,只好愤愤地退下了。

刘备听说东吴千挑万选出来的大都督是个年轻书生,不禁大笑:"想必江东才俊都死绝了吧!"

马良在一旁轻声提醒道:"陛下,虽然陆逊岁数不大,但腹内确实有奇谋,堪比当年的周瑜。就是他建议吕蒙白衣渡江,夺了荆州。"

刘备的眉头皱起,怒声说:"哦?这么说,就是他耍鬼把戏害死了我二弟?那我一定要用他的脑袋来祭奠云长!"

说罢,不顾马良的劝阻,亲自领兵前去攻打东吴各处的重要关隘。

然而,陆逊一直坚守不出,无论刘备的军兵如何在阵前叫骂,他都充耳不闻,气定神闲地在大帐内看书。东吴将士们起了骚动,暗中讥笑陆逊胆怯,陆逊对此心知肚明,依旧不急不躁。

眼看刘备发兵已经七八个月了,没从东吴将士身上讨到多少好处,眼下又一直被堵在猇亭前进不得,士气难免有些疲惫和低落。

时间来到了盛夏,酷暑煎熬得将士们焦渴难耐,刘备便命令大军沿江而下,在树木茂盛、接近水源的地方安营扎寨,足足扎了四十余座营寨,依旧是绵延数百里。

到此时,陆逊才胸有成竹地说:"破蜀就在近日。"

马良见刘备安营扎寨的路数不合兵法,几次三番地提醒刘备:"陛下,在草木茂盛的地方、开阔平坦的地方、低洼潮湿的地方、行动受阻碍的地方、艰险不易通过的地方屯兵结营,素来都是兵家的大忌。"

刘备一向谨慎,谁知这次亲征时却异常地没有耐心,脾气也变得愈发暴躁。马良无奈,转而劝谏:"陛下,诸葛丞相眼下正在东川巡察,何不将营寨图绘制一份,让丞相

知道？"

刘备不耐烦地说："我打了一辈子仗，什么兵法不通晓？难道没有诸葛亮就不能成事了？"

得亏马良是个实心眼的人，他不顾忤逆刘备的危险，极力要带着地图去见诸葛亮。刘备拗不过，只得同意了。

诸葛亮看了马良呈上的地图，当即拍案怒喊："这是谁的主意？这是要陷陛下于死地啊！"

马良只得实话实说："这都是陛下的主意。"

诸葛亮连连跺脚，哀声叹息："完了！全完了！一世辛劳就要毁于一旦啊！"

马良也心头一痛，问："丞相，可还有转机？"

诸葛亮双手扶住一旁的案几，连连摇头，良久才道："你速速回营，劝说陛下迁营……如果已经来不及，就撤回白帝城。"

"如果陆逊发兵追击，怎么办？"

诸葛亮说："他不敢来追。我入川时已经在鱼腹浦暗中布置了十万精兵，可保陛下无虞。"

"啊？"马良大惊失色，"丞相，我数次来往于鱼腹浦，不曾见过什么兵马呀。"

诸葛亮双眼望着虚空，手中的羽扇间或一动，说："去吧，我自有妙计。"

马良得了良策便火速往回赶，诸葛亮也火速赶回成都，调拨兵马去救援。

马良离开的这段时间，陆逊几次三番派人出战，试探刘备大军的实力，但他们屡战屡败，目的就是让刘备轻敌。

刘备果然中了计，营寨防守都松懈了几分。陆逊见状，就知道自己苦等的进攻机会到了。

一天傍晚，刘备正坐在大帐中批阅蜀中发来的奏章，忽然门外起了一阵旋风，"咔嚓"一声，门旗应声而倒。

"不祥之兆……"刘备喃喃自语，"莫非今晚东吴要来袭营？"

他马上否定了自己的想法："不会的，昨晚才将他们打得落花流水，他们不敢来。陆逊那小子既没有将才，更缺少胆识，他现在不过是在拖时间，想要拖垮我的大军。"

正思量间，有士兵来报，说在山上远远看着吴兵都顺着山往东边去了。

刘备怀疑他们有什么计划，忙令关兴、张苞各自率领五百骑兵前后巡营，其他人不要轻举妄动。

夜半时分，刘备刚刚睡下，忽然被一阵惊天动地的吵嚷声惊醒。

"大事不好啦！着火啦！救火呀！"

这掺杂着惊恐与焦躁的呼喊声瞬间灌满了刘备的耳朵，他猛地睁开眼，快步走出大帐，就看见眼前红光骤现，天地之间亮堂堂的，目力所及之处全是火焰。

此时东南风正盛，火势迅速蔓延，树木、营帐纷纷被点燃，根本来不及救火。众人乱作一团，四下逃命，死伤者不计其数。

"陛下，快走！"贴身的禁卫军将领冲过来，扯起刘备的胳膊，一把将他推上马，就领着他往营寨外面冲。

浑浑噩噩间，刘备感觉自己跟在禁卫军将领后面左右穿梭奔突，但行不得几步就被四面八方冲出的东吴将领拦截，经历一番厮杀。

本想朝着冯习的大营奔去，还没到地方就看见营中火光冲天，冯习正带着几十名骑兵与吴将徐盛厮杀。刘备只得掉转马头朝西边跑，谁承想东吴将士已经认出他来了，也不和冯习纠缠了，直奔着他追来。

刘备心慌意乱，前面还有之前追着他跑的东吴丁奉一行人，这要是被前后夹击了还得了。正惶惶不安时，忽然听得喊杀声冲天，一队彪悍的士兵杀进了吴兵逐渐缩小的包围圈，来到他跟前。

刘备定睛一看，原来是张苞，这下心算是安定了不少。

张苞带着刘备及禁卫军杀出重围后，又遇上了大将傅彤。二人一路护送刘备逃往马鞍山暂避。

但很快，陆逊的大队人马就将马鞍山团团围住，张苞、傅彤拼死守住山口，才没让吴军攻上来。

第二天，吴军又在山下放火烧山。刘备正手足无措时，关兴带着几个骑兵杀上山来。他跪地对刘备郑重说："主上，现在山下到处都是火，这里很快也要守不住了。您应尽快赶往白帝城重整人马，不能再在这里停留了。"

傅彤也上前请缨道："我愿意做断后的人，为主上拼死挡住吴军！"

于是，这天黄昏，趁着天光还好，吴军也已疲惫时，关兴带人冲在前，张苞护着刘备居中，傅彤留下断后，就这么一路保护着刘备杀下山，往白帝城方向杀去。

这几日的交战，两岸七百里连营，一片火海。四下依然是人间炼狱，狂风卷着的烈焰呼呼作响，漫山遍野火光不绝，"哗哗剥剥"燃烧着树木，分不清哪里是营寨，哪里是道路。被撞死、踩踏而死的将士，把河道都堵塞了。

陆逊站在高处观察战况，不禁无限感慨道："这等火烧连营的小伎俩，诸葛亮一眼就能看破，若不是他没有跟着刘备亲征，我哪有今天的侥幸大胜？"

正感慨着，就见探马上前来报，说刘备已逃往白帝城。

"哦？谁来做的接应？"

"蜀五虎上将之一，赵云。"

陆逊微微点头："看来诸葛亮果然留了后手，如果没有老将赵云，刘备必死无疑。"

说完，他大手一挥，亲自领兵一路向西，准备攻打白帝城。

东吴大军很快来到夔关附近，这里距离白帝城已经不远了。陆逊看着前方忽然升腾起的一股杀气，浑如变化多端的巨兽笼罩着江面、山头。他不由得皱起剑眉，马上喝令三军停止前进。

传令官的声音响起："三军听令,前方有伏军,准备御敌!"

可等东吴军队摆好阵势后,并没有一兵一卒杀来。他派哨兵前去查看,哨兵回报说,江边只有八九十堆乱石,摆成奇怪的造型,看着像是某种阵法,却又看不出到底有什么蹊跷。

陆逊百思不得其解,命人找几个当地人来询问,很快就寻来了两个渔夫。

渔夫说："将军有所不知,这里是鱼腹浦,这些石头阵是当年诸葛亮入川的时候摆下的。有时候石头阵中还会发出刀枪鸣声、喊杀声,我们都不敢靠近呢。"

陆逊回身冲着偏将们一笑,说："我当是什么伏兵呢,原来是诸葛亮故弄玄虚啊。来!大家随我一起去石头阵中瞧瞧。"

说着话,陆逊就带头冲入了石头阵。

此时,落日西斜,天色向晚,江面腾起的水汽氤氲着大石,让整个石头阵看上去神秘莫测。陆逊心里生出一股凉意,他有些后悔自己莽撞了。

正在这时,石头阵中突然卷起一股狂风,一时间飞沙扑面,虎啸龙吟声杂沓而至,陆逊等人骑的马吓得连连后退、嘶鸣不断。

陆逊大惊失色："中计了,快走!"

说着,拨马便寻找出去的道路。可石头阵似乎在不知不觉间变化了方位,原来的入口早已消失不见。

陆逊魂飞魄散,几乎从马上摔下来,失声叫道："今天我陆逊要死在此处了!"

"小将军,莫急,老夫来给你引路。"一个苍老的声音突然传来,随即一个佝偻的身影出现在陆逊面前,他颤颤巍巍地拄着拐杖,向一块石头背后绕去。

陆逊此时根本顾不上思考老人的身份,连忙带着众人跟着老人往石头背后绕去。

老人步伐缓慢,却并未遇到任何阻碍,不一会儿就到了阵外。

陆逊滚鞍下马，跪在老人面前连连谢恩。老人微微一笑，说："小将军不必客气。老夫乃是诸葛亮的岳父，他当年摆下这个八阵图，说要迷陷东吴大都督用的。可老夫有好生之德，不忍心看你丧命，这才把你从生门带出来了。"

陆逊听了，脸色更白，不由自主地道："诸葛亮的智慧神鬼莫测，我不及他啊！"

陆逊随即下令撤军，不再追赶刘备。部将不解："刘备兵败势穷，困守一城，何不趁着这个机会穷追猛打呢？"

陆逊说："如今诸葛亮居然有八阵图这样的安排，想必白帝城不会那么容易被攻下。我是担心曹丕会有异动，突袭后方，那我们就措手不及了。"

果然，陆逊退兵还不到两天，就听说有三路曹魏大军有异动，想趁着东吴追击刘备之机来讨便宜。陆逊不由笑骂道："这个曹丕，比他老子还要奸诈几分！还好我已经派兵到边境抵挡了。"

趣味走取链接

诸葛亮的八阵图是怎么回事

在本回中,神乎其神的诸葛亮摆了一个石头阵,吓退了陆逊的大军。唐代诗人杜甫用一首诗热情讴歌了诸葛亮的丰功伟绩:"功盖三分国,名成八阵图。"

有人可能会问:八阵图退兵这事儿是真的吗?

八阵其实由来已久,是古代行军作战时的一种阵法,早已失传。八阵图则是诸葛亮推演兵法而创设的一种阵法,此事在《三国志》中有记载:"推演兵法,作八阵图,咸得其要云。"

《晋书·桓温传》中记载,东晋时期的军事家桓温曾路过鱼腹浦,看见平沙上堆积的石头阵,感慨地说:"这是常山蛇势啊!"

北魏时期的地理学家郦道元曾探访过多处细石垒起的"石头阵",以在奉节附近的"石头阵"最为著名。奉节原为古鱼复(腹)县,治所在今重庆市奉节县东白帝城。

那他们看到的这些石头阵就是诸葛亮设下的八阵图吗?

有人说是,也有人说不是,尚未有定论。说不是的人认为,那遍布鱼腹浦上像碉堡一样的石头遗址,其实是古时候熬卤水制取盐巴的盐灶。奉节自古产盐,《奉节县志》中记载:"每岁水落之时,编茅砌灶,比屋鳞次,蒸汽成云,熬波出雪。"也许是罗贯中将煮盐的景观糅合在八阵图的故事中,才虚构了诸葛亮在鱼腹浦设八阵图退兵的神奇故事。

然而,不管是与不是,真相都随着三峡蓄水,奉节石头阵遗址一起沉入水底,无从考证了。

白帝城刘备托孤

——刘玄德的最后一桩心愿

话说陆逊的一把火,威力丝毫不亚于当年赤壁之战中黄盖的那一把,直接将刘备的一腔英雄抱负烧了个干干净净。

他逃回白帝城后,接连收到将士阵亡的消息,气急攻心,又想到二弟和三弟的仇还没有报,更加情绪低沉,直接一病不起。

此时,马良也回来了,他把诸葛亮的话原原本本地对刘备说了一遍,刘备惨然一笑,老泪纵横:"都怪朕自以为是,若是朕听了孔明的话,怎么会有今天的下场?悔不当初啊!悔不当初……"

赵云从旁劝慰:"陛下,眼下情势危急,何不把丞相请来主事?"

"朕哪还有脸面见孔明?"刘备哀哀痛哭,"二弟,三弟,黄泉路上等等我,大哥马上就来了!"

赵云眼中垂泪,劝慰道:"陛下千万不能这么想,丞相一定能扭转危局。"

刘备不接话,只是哀伤地盯着赵云的脸,问:"子龙,你怎么变成这个样子了?"

当年那个面如冠玉、丰神俊秀的少年将军,怎么鬓发苍苍、满面尘霜了?

赵云一愣,继而苦笑道:"陛下,臣也老了。"

刘备长叹一声："唉，你都老了！朕也老了！"

他最近频繁梦到二弟、三弟，怕是时间也不多了。于是派使者前往成都，将丞相诸葛亮、尚书令李严等人请来，接受遗命。

诸葛亮很快便带着刘备的次子刘永、三子刘理来到白帝城拜见刘备，太子刘禅留在成都戍守。此时的刘备已经两天没有进过水米了，整个人深深陷入柔软的被褥里，越发显得身子瘦弱、单薄。

诸葛亮在床边缓缓跪下，哽咽着轻声唤道："陛下，臣来了。"

刘备闻言，枯瘦的手臂从被褥中伸出，朝着声音的方向摸索，诸葛亮连忙上前，攥住刘备的手。那手的触感和一截枯树枝一般无二，诸葛亮心头一凉。

"孔明……你终于来了……"刘备一边发出微弱的呼唤，一边命人将自己扶坐起来，他紧喘了几口粗气，而后拉着诸葛亮的手，让他坐在自己的榻旁。

诸葛亮靠近刘备，听他说话。

刘备拍了拍诸葛亮的后背，流着眼泪说："自从那年朕三顾茅庐，得到你的辅佐，无往而不胜，这才有幸成就帝业。可惜朕盲目自信，不听你的良言相劝，落得如今的大败下场。朕真是悔不当初啊……"

诸葛亮温言安慰道："陛下不必灰心，此次东征并未伤及国本，我们积攒力量，定能再争上一争。"

刘备凄然摇头，哀叹道："太晚了，已然来不及了。朕的寿数将尽，只能将大业托付给你了。"

诸葛亮哭着说："陛下不要说这种丧气话，您要保重身体，不要让天下人失望啊。"

刘备继续哭着摇头："来不及了，孔明，朕在临死之前，有几句肺腑之言要跟你说。"

刚准备开口，刘备忽然在人群中瞥见了马谡的身影，于是开口说："你们都下去吧，朕要和丞相说会话。"

众人退下,刘备问诸葛亮:"孔明,你觉得马谡的才能怎么样?"

诸葛亮对马谡有些了解,这个人聪明机警,脑子丝毫不逊色于其兄长马良,便回答说:"马谡有些本事,是个不可多得的人才,他日一定能闯出一番功业。"

刘备听了沉默片刻,才说:"这回你听朕的,不可重用马谡。"

诸葛亮愕然,不知道为何刘备对一个名不见经传的马谡这样有成见,但见刘备一副郑重的模样,诸葛亮点头应允。

刘备这才继续说:"朕屏退众人,是有要紧的话要单独交代你一人。朕戎马一生,历经千辛万苦,才有了眼下这份基业,谁料汉室复兴大业未成,却接连折断手足。太子年幼无知,不能理政安民,朕……每每想到这里……朕真是……死不瞑目!"

说着,刘备泪如泉涌。他一生之中承受了无数苦难,眼泪流了一筐又一筐。人人都说刘皇叔最爱哭,殊不知他心底的苦楚无助,又有谁能纾解?

诸葛亮哽咽到说不出话来,唯有点头表示自己理解。刘备的手忽然有了力气,更紧地攥住诸葛亮,说:"孔明,朕有一句真心话要说给你听,绝不是客套。"

"陛下,请讲。"

"如果太子是可辅佐之才,那你就尽力辅佐他;如果他不堪大用,那你可取而代之,做成都之主。"

诸葛亮闻言浑身一颤,急忙跪倒,哭着说:"陛下为何说这种话?"

刘备道:"孔明,你起来。朕本是个愚钝之人,全仰仗你的过人智谋才有今天的这份基业。你的才能远胜于曹丕十倍,一定能够安邦定国,成就大事。朕死之后,你来代替朕,继续北伐中原……"

诸葛亮眼中的泪汩汩而下:"陛下的话是将臣置于万死之地啊!陛下保重龙体,臣必当效忠,以死相报知遇之恩!"

刘备摇摇头,继续说:"禅儿虽然是太子,但他的资质没有人比我这个做父亲的更清楚……他守不住这份基业，朕一旦驾崩，恐怕……若是他还能够辅佐，那你就辅佐他；若是他不能担任那个位置，你……"

"臣得主上知遇之恩，定当尽力辅佐幼主，死而后已。"诸葛亮不等刘备继续说下去，直接拜倒在地，一遍遍磕头表明自己的心意，鲜血很快便染红了他的额头。

"爱卿不必如此。我……"刘备连忙喊人进来将诸葛亮扶起，长叹一声，"也罢，我这几个幼子还望你多多看顾、教导。"

说完又叫人将诸葛亮扶到榻上坐下，将次子刘永和三子刘理叫到面前来，叮嘱他们说："你们一定要记住我说的话，我死之后，你们兄弟三人要像侍奉父亲一样对待丞相，万不可有怠慢之举。"

二人听刘备的话，一同向诸葛亮下拜行礼。

诸葛亮哭着道："臣就算肝脑涂地，也不足以报答陛下！"

刘备喟然长叹，命人把赵云等老臣也一一请来，托付后事，而后溘然长逝，享年六十三岁。

诸葛亮和众臣一起将刘备的棺椁护送回成都，安葬在惠陵，谥号昭烈皇帝。

丧事完毕后，太子刘禅登基为帝，改年号为建兴，史称蜀汉后主。他加封诸葛亮为武乡侯，领益州牧，尊称其为相父。

在许都的曹丕听说刘备已死，直言心腹大患去了一大块，忍不住高兴地多喝了好几杯。他召集众臣议事，想要趁机讨伐。

贾诩却劝谏说："陛下，不可仓促出兵讨伐啊！刘备虽然已经死了，但他一定会托孤给诸葛亮。刘备对诸葛亮有知遇之恩，诸葛亮一定会竭尽全力辅佐刘禅。"

司马懿阴恻恻地打断他："此时不出征，那要等到什么时候？刘备已死，新主继位，诸葛亮必定焦头烂额，不如趁机要他的命……"

"你说得对！"曹丕大悦，"你有什么计策？展开说一说。"

司马懿清清嗓子,娓娓道来:"陛下,只出动中原兵马,或许很难立即获胜。但若是出动五路大军,四面夹攻,让诸葛亮分身乏术,首尾无法救援,那时想攻下他岂不是轻而易举?"

"哪里来的五路兵马?"

"陛下可以用金银、玉帛贿赂辽东鲜卑国国王轲比能,让他们率领十万羌族大军,从旱路攻打西平关,这是第一路;再让使者带着丰厚的赏赐去见南蛮王孟获,让他起兵十万,攻打西川之南,这是第二路;第三路就用孙权的人马,陛下可派遣使臣入吴,与孙权重修旧好,诱他们率军十万,直取涪城;第四路可用降将孟达的兵马,起上庸城十万兵马,直取汉中;最后,再任命曹真将军为大都督,领十万大军,攻打阳平关。如此,就有五十万大军,从五路分头并进,那诸葛亮即便是有吕望之才,又安能抵挡得住呢?"

"哈哈哈哈!好计策!想不到你谋划得如此周详,真不愧是朕的智囊啊!"

曹丕大喜,立刻派遣使者到各处游说,又任命曹真为大都督,率领十万精兵,直奔阳平关。

军报传到成都,刘禅吓得面色惨白,连连哀叹:"这可怎么办呀?这可如何是好?五路大军,我们该如何抵抗啊?"

众大臣相顾无言,皆无良策。

有人站出来说:"陛下,不如请丞相来商议一番。"

"丞相染病,最近几天都没有上朝。"有人禀报道。

刘禅顿时哭丧着脸,问:"那该怎么办呀?"

"陛下,不如您亲自到相府走一遭,一来是探病,二来也好请教一下丞相良策。"

刘禅立刻带领百官驱车来到相府。

进门时,门吏拦住百官说:"丞相有吩咐,不许百官进府打扰。"

刘禅只得独自一人进入见诸葛亮。刚步入花园，就看见丞相诸葛亮正倚着竹杖在小池边观鱼，他的手里还捏着一撮鱼食，不时地向水中丢去几颗，惹得鱼儿团团嬉戏，扑打出阵阵水花。

刘禅看诸葛亮满面红光、气定神闲的模样，一点都不像生病了，便半是纳闷半是赌气地问："相父，您怎么还有心思喂鱼呢？"

诸葛亮闻言，连忙向刘禅行礼，而后问："陛下怎么来了？"

刘禅上前扶起诸葛亮，说："如今曹丕的五路大军就要打到城下了，相父却躲在府中不肯见朕，这是为什么呢？"

诸葛亮一笑："陛下，莫要惊慌。五路大军，臣都已经有了破解的办法，陛下何须担心？"

"真的吗？相父果然有神鬼不测之能，快给朕讲讲，都要如何破解……"

"辽东羌人虽然勇猛，但最敬服马超，臣已令马超加紧防护，羌人必然不敢贸然突进，第一路就破了。第二路蛮兵首领孟获空有蛮力，但生性多疑，他们对西川地形不熟，不敢硬闯。臣已经安排魏延在沿途设下重重疑兵，谅他们也不敢来。第三路兵马是降将孟达，他与我军大将李严交情匪浅，臣模仿李严的字迹给孟达写了一封信，让孟达装病不出征，这一路也就不用担心了。曹真率领的人马要攻打阳平关，臣已命赵云前去把守，阳平关地形易守难攻，只要赵云坚守不出，曹真久攻不下，便会自行撤退。现在只有孙权这一路……"

"孙权怎么对付？相父您有主意了吗？"

"孙权向来狡黠，无利不起早，如果另外四路不发兵，他必然不发兵。不过还需要派遣一个能言善辩之人，以利害劝说孙权按兵不动。"

刘禅听了拍拍胸膛，如释重负，说："这下好了，这下好了。既然相父都有了安排，朕就放心了。"

说罢,刘禅面带喜色急急忙忙回宫去了。

诸葛亮将刘禅送出府门外,见众位大臣都一脸担忧地围在府门外,只有一个名叫邓芝的官员面露喜色,离开时还仰天大笑。

诸葛亮忙令人追了上去,将他请到自己的书房中,问:"邓大人,如今三足鼎立,我想要完成先主的遗志,应该先攻打魏还是吴?"

邓芝面对诸葛亮不卑不亢,朗声回答道:"曹魏强大,一时之间难以攻打,应当徐徐图之。如今主上刚刚即位,民心未安,应当与东吴结盟,休养生息。待到物阜民丰时,再一举为先主报仇雪恨。"

诸葛亮满脸喜色,赞道:"邓大人与我不谋而合啊!你可敢出使东吴,去当说客?"

邓芝躬身下拜,说:"为国君大业,万死不辞。"

自从曹丕趁着陆逊与刘备作战时,发兵三路进犯江东,孙权心中便对曹丕存了很大的意见。在张昭、顾雍等大臣的建议下,孙权改元黄武,宣告和曹魏脱离臣属关系。

眼下曹丕派使者来游说一起发兵蜀地,孙权碍于曹丕势大,又不敢不依。左右为难时,有人建议召陆逊来商议对策。

陆逊说:"主上不如先暂时答应下来,以军队还没有整顿好为由,先拖着不出兵,等打探清楚另外四路的军情后再说。若是那四路军都获胜了,主上自然可以出兵成都,分一杯羹。不过,我猜曹魏应该没人能斗得过诸葛亮,若是另外四路军都战败了,咱们也就不用出兵了。"

没过多久,孙权派去几路打探的人马纷纷回报说,曹魏承诺的其他四路大军都退了回去,他忍不住叹道:"真被陆逊言中了,幸亏我没有贸然出兵!"

正在此时,忽报蜀汉派了使臣来通好。孙权听取张昭建议,让人故意在堂上架起一口大鼎,邓芝进来时,那鼎里的油都沸腾了,冒出阵阵热气,又选一千武士执兵器从宫门列至殿上。

邓芝整整衣冠，气宇轩昂地来到阶下，见了孙权只长长一揖并不跪拜。孙权大怒，质问他为何不拜。

邓芝回答说："上国天使，不拜小邦之主。"

孙权气结，怒骂道："你这个没有自知之明的东西，居然想凭借三寸不烂之舌效仿郦生说齐，我看你也是想下油锅了！"

邓芝却大笑道："都说江东多才俊，没想到你们竟然怕我这一介书生！还专门弄了个油锅来壮胆，真是可笑！"

孙权面目狰狞地说："我怎么会怕你呢？你是来替诸葛亮做说客，游说我与魏断交，与你们交好的对吧？我既已猜到了你的阴谋，又怎么会上你的当呢？你还是老老实实下油锅吧！"

邓芝毫无惧色，坦然道："我就是蜀中普普通通一介书生，特意来为吴王分析利害，献上一计，没想到竟然遭此对待。设兵陈鼎来拒接一个使者，这就是吴地的待客之道吗？吴王的气量如此狭小吗？"

一番话说得孙权哑口无言，他毕竟也不想和曹魏与虎谋皮，于是命人给邓芝赐座，听他分析利害。邓芝将孙刘联合的利弊说了个明明白白。孙权当即决定恢复与蜀汉的合作关系，共同对抗曹魏。

随后，孙权遣使臣跟随邓芝来到成都，第二次孙刘联合就此拉开了序幕。

谥号——古人的死后评价

本回中提到了刘备的谥号昭烈皇帝,咱们就来说说谥号这件事。

简单来说,谥号就是在古代地位相对较高的人物死后,对其一生功绩的盖棺定论,是作为这个人物一生的简短"工作总结"。

谥号成体系地被使用是在西周初年,一般分为褒扬性的美谥、一般性的平谥和贬义的恶谥三类。从谥号中,我们就可以窥见后来者对这个人的评价。

若是有文、武、庄、宣、襄、明、睿、康、景、懿之类的字,就是美谥,是对这个人的肯定和赞美。

若是有怀、悼、哀、愍、思、殇之类的字,就是平谥,多为同情类的谥号。

若是有厉、灵、炀之类的字,就是恶谥,是对这个人一生的否定和批评。

例如:曹操的谥号是"武","武"有开疆拓土之功,而他一心想要的"文"则代表着有经纬天地的才能或道德博厚、勤学好问的品德。

而刘备的"昭烈"二字是在褒扬刘备的品德以及延续汉朝基业的功绩。

隋朝以前的谥号多为一字或二字,而从唐朝之后,人们拼命把好词往自己的先辈头上叠加,谥号也开始变得老长。历史上最长的谥号是清朝的努尔哈赤,经过他的子孙们不断加谥,他的谥号最终变成了:"承天广运圣德神功肇纪立极仁孝睿武端毅钦安弘文定业高皇帝",一共二十七个字,能一口气念下来,肺活量真是不错。

诸葛亮擒孟获

——孟获主打的就是嘴硬

吴、蜀二次联手，无疑狠狠抽了曹丕一耳光，他脸皮上实在挂不住，怒而御驾亲征，发兵三十万，从水旱两路攻打东吴，要给孙权一点颜色看看。

曹丕到底还是年轻，低估了孙刘联合的武力值，最终曹魏损兵折将，就连一代名将、威震逍遥津的张辽，也在这场战役中死于箭伤。曹丕铩羽而归。

东吴刚刚安定，南蛮又起祸端——孟获发动十万蛮兵，进犯益州边境，形势危急。

诸葛亮得到益州的军报却展眉一笑，说："这孟获是要吃点教训才肯听话。"

诸葛亮随即奏明后主刘禅，打算亲自领兵前去征讨。刘禅一听就哭了："相父，你走之后，要是东吴和曹魏来攻打，朕该怎么办呢？朕年幼无知，相父教我！"

诸葛亮微笑安抚："陛下不必心忧，东吴刚和我国讲和，暂时没有异心，哪怕进犯，也有驻守白帝城的李严抵挡；如今曹魏与东吴大战刚刚结束，暂时都不会轻举妄动，又有马超镇守汉中各处关口，也不用担忧。待臣去平定南蛮之后，就可驱驰大军北伐，逐鹿中原，完成先帝的遗愿。"

谏议大夫王连说："丞相，南蛮之地瘟疫横行，您去征讨，实在是太冒险了。不如派遣一名大将前往？"

诸葛亮摇摇头，笑着说："这次征讨意义非同寻常，不仅要打败孟获的兵马，还要收服他的心。非我亲自去不可呀！"

就这样，诸葛亮即日点兵五十万出征，以赵云、魏延为大将，王平、张翼为副将，浩浩荡荡往益州而去。永昌城守将吕凯熟悉山川地理，画了一幅《平蛮指掌图》献给诸葛亮。诸葛亮十分高兴，便请吕凯做向导，随军进入南蛮之境。

吕凯问诸葛亮："丞相准备怎么收服孟获？"

诸葛亮陷入深思，他脑子里闪过和马谡的谈话——"用兵之道，攻心为上。"马谡说出这话的一瞬间，诸葛亮有些激动，马谡的想法和他不谋而合，竟让他有了英雄所见略同之感。诸葛亮将马谡留在军中做个参军，率领大军继续前行。

诸葛亮还在帐中议事，就听说蛮兵三洞元帅分三路前来攻打。原来是孟获见蜀汉大军压境，派出三洞元帅前去拦击，还承诺说："谁能获胜，谁就可以成为洞主。"

诸葛亮当即调兵遣将，轻施巧计，很快便诛杀了一人，活捉了两人。活捉的董荼那和阿会喃被押到帐下后，诸葛亮也没有为难他们，好好招待一番后，就放他们各自归洞。

得到消息的孟获，怒气冲冲地披挂整齐率军要去找回面子，没走多久就正好遇到了王平的兵马。

两军对阵，只看了一眼，孟获就大笑起来："都说诸葛亮用兵如神，原来都是谣传，这军容比吃了败仗还惨呢！"

南蛮众将兵听了都哈哈大笑，放心大胆地跟着孟获向蜀军阵营冲杀而去。谁知，蜀军竟然毫无招架之功，交锋不过几个回合便开始仓皇后撤。

孟获得意极了，一马当先冲锋在前，径直闯入诸葛亮布下的天罗地网中，最后被魏延生擒活捉。

听闻孟获被擒的消息，诸葛亮早早在中军帐中做好了准备。

他先是命手下在中军帐内排开七重围手，刀枪剑戟，灿若霜雪；又执御赐黄金钺斧、

曲柄伞盖，前后羽葆鼓吹，左右排开御林军，布列得十分严整。这番严整的军威，对敌人也是震慑。

而后，杀牛宰羊置酒，好言安抚孟获帐下被俘虏的将士，劝他们不要助纣为虐，再赐下酒食米粮，放他们回去。蛮兵都被诸葛亮的大恩所感动，哭着拜谢后离开。

最后，诸葛亮才命人押着孟获过来，摁倒在帐前，问："先帝对你不薄，你为什么要背叛？"

孟获气得吹胡子瞪眼，牙咬得咯吱作响，怒吼："我世代居住在这里，你家主公仗着强大抢走蜀中的土地，自立为帝，凭什么说我是反贼？"

诸葛亮摇扇而笑："这么说，你现在被我抓了，也不服气？"

"一万个不服！"孟获怒睁豹眼，脸膛通红，高大健壮的身躯也在微微抖动，似乎全身的肌肉都充满了怒气。"你不过是要诈用奸，害我中计，有什么本事？"

诸葛亮马上命人解开孟获身上的绳索，说："好，既然你不服气，那我放你走，你整顿好兵马后再来一战。"

"咱们战场上见真章！你要是还能抓到我，我才服你。"孟获留下这句话后，径直离去。

诸葛亮将孟获放了之后，众将领聚在帐中议事，赵云不解地问："丞相，既然擒了孟获，何不乘胜追击、平定南蛮？"

诸葛亮道："子龙，你是知道我的手段的。捉拿孟获，如探囊取物，有什么难的？但我一定要打到他心服口服为止。"

众将领虽然嘴上没说什么，但对诸葛亮夸下的海口都将信将疑。

且说孟获臊眉耷眼地回到自己的营寨，属下都问他是怎么脱身的，孟获不好意思说自己是被诸葛亮放回来的，就撒谎说自己杀死看守逃出来的。

众人都十分高兴，询问孟获接下来怎么对付诸葛亮，孟获说："我已经知道了诸葛亮的计策，心中也有了主意，你们放心吧。"

第二天，孟获便下令坚守不出。众将士十分不解，问："避战不出？这不符合大王一贯的刚健勇猛风格啊！"

可孟获却喝了一杯酒，扬扬自得说："诸葛亮诡计多端，和他对战我们怕是很难占到便宜。我们就在营寨中死守，只要泸水不干，谅诸葛亮插翅也飞不过来。他远道而来，疲惫不堪，也不能一直待在这里，时间一久，着急的就是他们了。"

众将依照孟获的吩咐，把所有船只都收押在泸水南岸，又在岸边筑起土城、堡垒，做好长久坚守的打算。

孟获得意地说："都来陪孤王喝酒吃肉，咱们就看着诸葛亮的人马一个一个死在泸水中！"

诸葛亮见渡口没有船，自然知道孟获动了手脚，又见第一批过河的将士纷纷倒地不起，便知道这河水有古怪。

原来，这泸水非常神奇，白天温度高时，河水有毒，沾到便会中毒，若是喝了河水还会口鼻流血而死；但到了晚间水温降低，河水的毒性就会消失，这时候渡河就没事了。

他找来几个当地人，打听清楚其中的蹊跷，这才命马岱趁着夜色渡过泸水。马岱不仅截断了孟获的运粮通道，还策反了之前被诸葛亮放走的洞主。他们趁着孟获酒醉，把孟获绑起来送到诸葛亮的帐下。

孟获酒醒后才发现自己已经到了诸葛亮的大帐中，怒不可遏道："我不服！这是我手下之人背叛我！又不是你的能力抓的我，我不服！杀了我也不服！"

诸葛亮温和一笑，说："好啊，那就还放你回去，来日再战。"

孟获回到帐中后，和亲弟弟孟优商量说："我有一计，需要你去诸葛亮帐中，和我里应外合。"

于是，孟优按照哥哥孟获的吩咐，带着金珠、宝贝、象牙、犀角等物，直奔诸葛亮

大寨，向诸葛亮感谢不杀之恩。

诸葛亮见他带来的全是身材高大、力大无穷的勇士，哪还有不明白的，当即就决定将计就计，留下他们在帐中喝酒。

等到孟获以为孟优已经得手，冲入诸葛亮大寨时，却发现寨中不见一人，孟优和蛮兵全被药倒在地。

孟获心知中计，急忙将孟优等一干人救起就走。刚出大营，就听见四面喊杀声震天，三路蜀军夹攻而来。孟获单枪匹马逃到泸水边，还不等他上船，就被早早埋伏在此，打扮成蛮兵模样的马岱一举擒获。

孟获见到诸葛亮之后依旧不服，梗着脖子狡辩说："不过是我弟弟贪口腹之欲，坏了我的大事，要是我亲自来一定不会失败，这并不是我无能，我还是不服。"

诸葛亮笑了笑，说："那我就再把你放回去一次吧。"

孟获三次被活捉，心中郁闷至极，回到银坑洞后马上派亲信带着金珠、宝贝等去向蛮方部族借了十万牌刀獠丁军，再战蜀军。

诸葛亮听说了这件事后，不忧反笑，说："我正愁没办法将他们一网打尽呢，蛮兵一起来正好。"

等到对阵的这日，孟获身披犀皮甲，头顶朱红盔，骑着赤毛牛，左手拿着盾牌，右手举着大刀，领着几十万蛮兵怒气冲冲地杀出营地。阵营中的蛮兵赤身裸体、涂着鬼脸、披头散发，像野人一般准备冲向蜀兵。

诸葛亮头戴纶巾、身披鹤氅、手执羽扇、乘驷马车在侍从及众将领的簇拥下出了大寨，与孟获对阵。

看到孟获一方气势正盛，诸葛亮微微一笑，勒令大家回营，关闭寨门，等待时机。

蛮兵全都赤裸着上身，一连几天在寨门前叫骂，蜀兵都无动于衷，渐渐地，他们的士气就衰退、懈怠了。

等到这时，诸葛亮佯装弃寨逃走，引孟获上套，孟获在诸葛亮事先安排好的几路伏兵夹击之下，再次大败。

不仅如此，诸葛亮还拿自己做饵，引孟获上钩。

在孟获逃跑的途中，刚绕过一处山口，就看见密林前面有十几个侍从护着一辆小车，他的老仇人诸葛亮正优哉游哉地坐在上面。

这还得了，孟获做梦都想捉了诸葛亮，见状来不及多想，立马冲了过去。

不料，还没到诸葛亮近前，就听见"咔嗒"一声，孟获狼狈地掉进陷坑之中。

很快，魏延带着士兵从密林中冲出，将孟获从陷坑中拖出来，用绳索捆住。

诸葛亮问他："你这次又被我捉住了，还有什么话说？"

孟获不服气地说："我不过是不小心才中了你的诡计，我还是不服！"

诸葛亮命令武士将孟获推出去斩首，孟获脸上没有一点儿害怕的神色，回头对诸葛亮说："要是你敢再放我回去，我一定会活捉你，报这四次被捉的大仇！"

诸葛亮听了大笑起来，问："那你要是再次被我活捉呢？"

"要是我再被丞相捉住的话，一定诚心归服，带着本洞所有财物前来归顺，发誓以后再不造反。"

诸葛亮当即笑着让人放他走。孟获高兴地拜谢后回去了。

诸葛亮的笑意不止，帐下的将帅们也都仰天大笑。经过几次三番对孟获的又捉又放，众人对诸葛亮的神机妙算佩服得五体投地，对他的攻心之术更深信不疑，就算再给孟获一百个心眼子，也不是丞相的对手啊！

魏延大叫："孟获，如果实在想不出办法，不如早点投降吧！也省得我们绑来绑去的费绳子。"

"哈哈哈！"众人不由得哄堂大笑。

这次孟获脱身之后，痛定思痛，掂量了一下自己的智商，又盘算了一番自己的兵力，

最后决定退避起来，不再出战。等到蜀军忍受不了南蛮的暑气，自然就会退走了。

可是，能躲到哪里去呢？孟获想到了西南朵思大王的秃龙洞。

秃龙洞位于陡峭的山岭上，只有两条上山的路：一条路平坦可行，但有重兵把守；另一条路崎岖狭窄，满是毒蛇猛兽，每到黄昏时分就被毒瘴气笼罩，无人敢靠近。

最厉害的，是山上的四眼毒泉。第一眼名叫哑泉，喝一口哑泉水便不能开口说话，十天之内必死无疑。第二眼名叫灭泉，一旦沾染上泉水，便会浑身溃烂，宛如剥皮割肉。第三眼名叫黑泉，泉水清澈，可只要溅一滴在身上，就会手足发黑，最终死去。第四眼名叫柔泉，那泉水冰凉透骨，喝上一口这泉水，咽喉就没了暖气，浑身瘫软而死。

孟获自然知道这四口毒泉的厉害，要不然也不会孤注一掷来投奔朵思大王。

朵思大王听孟获讲述了与诸葛亮对战的经过，不由得拍着胸脯道："你就在这里安稳待着，诸葛亮要是敢来，必定让他有来无回！"

"哈哈哈！任凭那诸葛亮再神机妙算，也无计可施，此番一定能报仇雪恨！"孟获端起面前的酒碗一口饮尽，开怀大笑。

诸葛亮等了几天，也没有看到孟获出兵，就下令让大军拔寨，向南前进，很快就来到了秃龙洞附近。

时间已近六月，烈日当空，犹如火烧，士兵被酷暑煎熬，口渴难耐，见到哑泉，都奋不顾身地扑上去痛饮一番。

"这泉水真甜啊！"

可不一会儿的工夫，喝过泉水的人通通成了哑巴，急得捶胸顿足，乱抓衣领。

诸葛亮见状大吃一惊，便知道方才众人饮用的泉水有毒，他令三军暂停，亲自登高远望，察看地形。这一看可不打紧，山势险恶令他心惊肉跳，四面环山却不见一只鸟雀，于是心中十分疑惑。

突然，他发现山岗之上有一座小庙，掩映于山石藤蔓之间。

诸葛亮翻山越岭、攀藤附葛，来到小庙前，愕然发现这竟然是汉伏波将军马援的庙宇。这马援是马超的先祖，曾到过此地平蛮，他一生戎马，行军所过之处，常为郡县修建城郭、水渠，造福百姓，这里的人感念他的功德，修建小庙祭祀他。

诸葛亮望着庙中马援的坐像，想起自己随着刘备出山以来，南征北战，半生颠簸，尘霜满面，不由得悲从中来，双目含泪向马援像祝祷："求将军护佑三军，护佑平蛮功成！"

一语未了，庙外忽然有个苍老的声音传来："阁下可是汉丞相诸葛孔明？"

诸葛亮赶忙走出庙门，只见一位须发皆白的老者拄着拐杖缓步而来。诸葛亮上前问候，那老者坦然在一块大石上坐下，自称是当地人，还告诉了诸葛亮四眼毒泉的事。诸葛亮听后恍然大悟："怪不得我将士饮了甜水却说不出话了。"

"那灭泉、黑泉和柔泉更厉害几分呢！再往前走，山林中的瘴气缭绕，寸步难行！"老者笑着说，"不过也不必担心，此去正西方二十里有个万安隐者，他草庵后有一眼安乐泉，可以解山上这四眼毒泉的毒；庵前有薤叶芸香草，含在嘴里可解瘴气之毒。丞相可尽快派人去求取。"

诸葛亮听了频频拜谢，再抬头时却已看不见老者的身影，只听山谷中隐隐传来一句："诸葛丞相安心，我乃是本地山神，受伏波将军之命前来指点迷津。"

诸葛亮十分惊讶，猜到老者大概是不愿透露真实身份，这才假托山神之名，于是再拜了伏波将军像后才离开。

第二天，诸葛亮依老者所言准备好各色礼物，去寻万安隐者，隐者慷慨赠予解毒的泉水和香草，让诸葛亮一路畅通无阻地来到秃龙洞前。

朵思大王吓得面无人色，惊道："诸葛亮是神人吗？为什么毒泉、毒瘴都挡不住他？"

孟获怒瞪着隐隐有退缩之意的朵思大王："你难道就怕了吗？我们兄弟二人应该齐心协力和蜀兵决一死战，就算阵前殒命，也绝不能退缩。"

朵思大王听他这么说，又想到已经上了贼船，如果战败，自己的家眷也难以保全，于是下令杀牛宰马，大赏部下，准备吃饱喝足之后直冲蜀军营寨。

正在这时，忽然听手下人来报，迤西银冶洞洞主杨锋带着三万精兵前来支援，这让孟获和朵思大王都喜上眉梢。

孟获连忙命人设宴款待杨锋和他的五个儿子。

席间，孟获喝得酩酊大醉，再醒来时又在诸葛亮的帐中了。

原来，杨锋感念诸葛亮几次擒获族中的兄弟子侄，却又能大度地将他们放了，便想通过这种方式来报答诸葛丞相。

诸葛亮重赏了杨锋等人，又转而笑着问孟获："这一次你可服了？"

孟获依旧不服。魏延上去拍了拍孟获的脸颊，冷笑道："你这张嘴啊，真是硬，不见棺材不掉泪是吗？"

孟获使劲一摆脑袋，说："要是你们不敢应战，就把我杀了。这样抓我，反正我不服。"

诸葛亮道："孟获，你用毒水、毒泉、毒瘴都不能战胜我，这难道不是天意吗？你为什么还是执迷不悟呢？还是早日归降吧。"

孟获梗着脖子说："休想。我世代居住在银坑山中，有三江之险，重关之固。你要是能够在银坑山中捉住我，我自然心服口服。你还敢放我回去吗？"

"我自然放你回去，直到你心服口服为止，"诸葛亮依旧面无愠色，"不过，你这次可要更加小心了。我曾经和世外高人学了七十二招'阴谋诡计'，神鬼莫测，还没有使全呢！"

孟获耿直，不由得追问："那你用到第几招了？"

"哈哈哈！"蜀汉将士们眼泪都笑出来了。

诸葛亮也不搭话，命人解开束缚孟获和朵思大王的绳索，把他们放走。

"阴阳脸"泸水的真面目

在本回中曾经提到过一处有毒的泸水,白天凶险,夜晚温和,这神奇的江水是真实存在的吗?

诸葛亮在《出师表》中,也曾说过自己"五月渡泸,深入不毛",这个泸水应该不是《三国演义》作者罗贯中的杜撰。

那么,泸水在哪里呢?据专家考证,这里说的泸水就是今天金沙江的一段江流。郦道元的《水经注》中记载:泸江水在朱提县以西,左右两岸仅有小径相通,可步行或骑马。但时常有瘴气,三四月间经过这里,必死无疑。非这个时候经过,也时常令人胸闷、呕吐。五月以后,危害才相对比较少。

那瘴气又是什么呢?

"瘴"的说法由来已久,古时候,南方的许多疾病都被统称为"瘴"。有些疾病在北方有单独的名称,但在南方都被统称为"瘴",比如疟疾、出血热等。到了元明清时期,南方山林沼泽中的各种有害气体,或者其他闻起来让人不舒服的气味也被归入这一类,称为"瘴气"。

泸水流经的地区,有热带、亚热带的干热河谷,地理环境闭塞、空气不流通,大量原始森林中动植物尸体腐烂后生成的有毒气体聚集,大概就是泸水瘴气的成因。

孔明火烧藤甲兵

——胜利后，诸葛亮哭了

话说孟获自打出娘胎以来，一直以勇猛刚强威震南蛮，从来没有遭遇过败绩，直到遇见诸葛亮，他才知道命中的克星来了。可他的性子宁折不弯，自然不肯轻易认输，谁知诸葛亮也偏偏不杀他，一遍遍地戏弄他，让他感觉自己像是被困于虎爪之下的兔子，既无助又屈辱。

想到这儿，孟获又灌下一碗烈酒，说："银坑洞是我祖辈居住的地方，他们的阴灵一定会保佑我击败诸葛亮的。"

"大王，我保举一人，可以降服诸葛亮！"

孟获抬眼一看，原来是自己的小舅子带来洞主，他立刻喜上眉梢，问："谁？"

"咱们的西南方有个八纳洞，洞主木鹿大王深谙法术，他能驱驭神兵，还能控制毒虫、猛兽，厉害极了！"

孟获立刻给木鹿大王写了一封信，送去丰厚的礼物，请他出兵助自己报仇。

说话间，蜀汉大军已经逼近银坑洞外围的三江城。这三江城依山而建，墙高坚固，易守难攻。南蛮兵躲在城墙上放毒箭，蜀汉将士中箭者立刻皮开肉绽，赵云久攻不下，只得愁眉不展地回去据实禀告诸葛亮。

诸葛亮坐着小木车，亲自到三江城下巡视一番，立刻命令三军后撤五十里。

城头上的南蛮兵见蜀汉军队后撤，不由得哈哈大笑："这群胆小鬼，被大王的神威吓退了！"

孟获听到这个消息，高兴得又多喝了几碗酒，夜里睡得特别踏实。

一连五天，蜀汉军营都关闭营寨不再出战，也没有任何动静。城上的南蛮兵等待得实在无聊，都喝酒、唱歌、跳舞取乐，渐渐放松了警惕。

这天晚上，诸葛亮突然下了一道军令，让所有士兵都扯下自己的一块衣襟，包上一包土，还严查不包土者。蜀汉将士面面相觑，不知道丞相的葫芦里卖的是什么药，但也不敢不听从。众人个个抱着一兜土，等到三更时分，才得到下一个命令：携带土包冲至三江城下，先到的受赏。众人一听欢呼雀跃，个个甩开腿脚，狂奔至三江城附近。

诸葛亮又命令将士们将土包沿着墙根依次往上堆叠，待到用土包堆起蹬道，众将士一起攻城，谁先登上三江城，记头功！

于是，蜀军将士们带着土包悄悄摸近墙根，就这样，一层层垒起来，很快就用土包堆起了一条蹬道。孔明坐在小车上，手执令旗为号，蜀军开始登城。

大多数南蛮兵还没有反应过来，已经被突然出现的蜀兵夺走了弓箭、武器，只得乖乖束手就擒。剩下的一小部分则四散奔逃，恨不得肋骨上生出翅膀，飞出三江城。

孟获听到三江城失守的军报后，直接呆住了。

然而，不等他反应过来，下一道军报就传来了——诸葛亮已经开始渡江，逼近银坑洞。

豆大的汗珠从孟获的额头渗出，滚进他眼睛里，一股酸涩感让他不住地眨眼。这时，孟获的妻子祝融夫人突然闯入大帐，高声叫道："大王，我愿意去会会诸葛亮，我倒要看看他是不是三头六臂！"

这祝融夫人从小舞枪弄棒，练得一手好飞刀。孟获见她愿意出战，连忙起身道谢。

祝融夫人十分潇洒地上了马，背插五把飞刀，手持丈八长标，领着五万洞兵前去与蜀兵交战。

蜀汉将士鲜少在战场上见过女将军，见到英姿飒爽、威风凛凛的祝融夫人，个个暗自称奇。上前迎战的两位将领张嶷和马忠都有些轻敌，很快便败在祝融夫人的飞刀之下。

"杀了他们，给大王您出口恶气！"祝融夫人把俘虏押到孟获面前，得意扬扬地说。

孟获摇摇头，说："不，不能这么做，诸葛亮捉了我五次都没有杀我，我要是杀他的人，反倒显得小气了。"

说完，就命人把两名蜀汉将领关押起来。又亲自摆酒与祝融夫人庆贺。

祝融夫人长眉一扬，自信地说："明天我就擒了诸葛亮来！"

第二天，诸葛亮安排了马岱、赵云和魏延三人依次叫阵。祝融夫人上阵后，众将交手不过几个回合便拨马回撤，起初祝融夫人还担心有埋伏，但将士们一次一次激怒她，最终还是把她引到了埋伏圈，轻而易举就给活捉了。

诸葛亮打发人去通知孟获，希望能用祝融夫人换回张嶷和马忠。

孟获哪有不同意的？当即释放了二人，将祝融夫人换回。

可接下来的仗要怎么打呢？正当孟获发愁时，忽见远处狼烟滚滚，虎豹咆哮之声不绝，中间走出一个身穿金珠璎珞、骑在大象上的勇士，原来是八纳洞主木鹿大王驱赶着兽兵来了。

孟获喜不自胜，簇拥着木鹿大王进了寨子。之后下拜哀求，请木鹿大王为自己报仇。木鹿大王满口答应下来。

第二天，木鹿大王领着本洞将士，驱赶着猛兽出来迎战蜀军。那些八纳洞的将士大都没有穿衣甲，赤身裸体，长相丑陋，随身携带四把尖刀。

赵云、魏延等蜀汉将领哪曾见过带着猛兽上阵的场面啊？一个个目瞪口呆。只见那木鹿大王忽然在大象上站起身子，手中的蒂钟不停摇晃，口中念念有词。猛然间狂风大作、飞沙走石、天昏地暗,他身边的猛兽顿时像听懂了某种号令似的,一个个张牙舞爪地扑来,吓得蜀汉将士毫无招架之功,连连后退。

赵云、魏延聚拢败兵,来到诸葛亮帐前请罪,细说刚才发生的事。赵云愧疚地说:

"丞相，属下无能，抵挡不住南蛮兽兵，败了一阵。"

诸葛亮摇扇而笑，说："子龙，这不是你的错。我当年在隆中时就听说过南蛮有人能驱使兽兵，攻无不克、战无不胜，早已预备下了应对的法子。"

魏延大吃一惊，问："丞相数十年前就预料到了今日之事？"

诸葛亮笑而不语，魏延心头大为震动，都说诸葛丞相前知五百年，后知五百年，原来竟是真的。

诸葛亮命人取来随军的十辆红油柜车，柜门打开后，众人看到里面全是木刻彩画的巨型假兽。这些假兽穿着用五色绒线织成的毛衣，有用钢铁打造的牙爪，每个巨兽可以骑坐十个人。诸葛亮又从一千多名精壮军士中挑选出一百人，让他们带着烟火之物藏于假兽口中。

第二天，诸葛亮驱赶假兽大肆进发，在洞口布阵。蛮兵打探到蜀军来犯的消息，赶忙入洞报告给孟获和木鹿大王。

孟获用手指着小车上诸葛亮，对木鹿大王说，"车上的人就是诸葛亮，若能抓住他，咱们的大事就成了！"

象背上的木鹿大王哈哈大笑，高声说："这好办，看我的吧。"

说着话，木鹿大王像昨日一样催动蒂钟、念诵咒语，顷刻之间，狂风大作，猛兽出笼。

可诸葛亮羽扇轻摇，原本呼啸着刮向蜀军的狂风就掉转方向朝蛮军刮去。

还不等蛮兵动作，就看见蜀军阵中冲出了口吐火焰，鼻出黑烟，身摇铜铃，张牙舞爪的巨兽。不仅蛮兵吓得瑟瑟发抖，就连木鹿大王驱使的那群猛兽也不敢前进。这些猛兽，最怕的就是烟与火，尽管木鹿大王驯兽的本领高强，但依然没有让它们克服这个毛病。一时间，真兽吓得往回奔逃，冲倒了无数蛮兵。

木鹿大王约束不住野兽，自己也死于乱军之中。

诸葛亮一鼓作气发动猛攻，迅速占领了银坑洞，那孟获却趁乱逃走了。

第二天，诸葛亮正要分兵去抓孟获，忽然听到有人来报，说孟获的小舅子带来洞主押着五花大绑的蛮王孟获前来求见，诸葛亮笑着说："带来洞主这是要来诈降啊。"

张嶷、马忠领命下去安排，很快便带着两千精兵埋伏在廊下。

带来洞主一见到诸葛亮，就露出一脸谄媚的笑，说："我要弃暗投明，我把孟获一干人等都押来了，听凭丞相处置！"

诸葛亮冷笑一声："都给我拿下！"

被抓的带来洞主不服气，一边挣扎一边嚷嚷："丞相怎么能这么对待诚心归降之人？"

"这就是你所说的诚意归降？"张嶷将从蛮兵身上搜出的利刃一把扔在他的脚下，厉声质问道。

孟获心头一梗，原本他们计划好，让带来洞主绑了他们假意投降，等到诸葛亮放松警惕后，众人就掏出兵器好一击制敌。谁知，诸葛亮竟能识破！

诸葛亮好似看破了他的心思，轻摇羽扇，说："你这点雕虫小技，哪里能够骗得过我？你之前说，若我能在你的地盘上抓住你，你就心服口服，如今你的老巢都被我攻破了，你还有什么话可说？"

"这是我自己来送死，不算你的能耐，你第七次捉住我，我才会诚心归服。"

魏延闻言，冷哼一声，怒道："这个孟获没脸没皮，说话不算数，丞相何必饶他性命？"

诸葛亮却笑了，飘然转身，留下一句："放他走。我倒要看看他还能找到什么理由搪塞我。"

孟获脸一红，带着带来洞主和一众残余的蛮兵灰溜溜地逃出了诸葛亮大营。

"接下来还能去哪里呢？"孟获如丧家之犬一般唉声叹气。

"从这里向东南行七百里，有一个名叫乌戈国的小国，或许他们能帮我们打败诸葛亮。"带来洞主给孟获出了个主意。

乌戈国的国王兀突骨，手下有三万藤甲军。要是能借来这藤甲军，还怕什么诸葛亮？

孟获依言，来到乌戈国，向兀突骨讲清楚来龙去脉，这乌戈国王欣然答应借兵，命手下带着三万藤甲军来到桃花江渡口驻扎。

除了兀突骨的这三万藤甲兵，孟获还从别的地方借来了不少人马，全都聚集在桃花江岸边。诸葛亮得到前方战报后，眉头深锁。他之前找来当地人询问，才知道最近桃叶飘落，桃花江的江水乌戈国人喝下反添精神，但要是其他人喝下，当场毙命。

诸葛亮便下令大军营寨后退五里，留下魏延守寨。

吕凯见丞相的神色不对，轻声道："桃花江也就罢了，最可怕的是这藤甲军，刀枪不入啊！"

诸葛亮反问："哦？其中有什么蹊跷？"

吕凯说："属下听说这藤甲是用乌戈国高山石壁上的老藤制成，用油浸泡半年，晒干后再次浸泡，反复多次制成。穿上又轻又软，却刀枪不入，入水不沉，着实厉害。听说兀突骨就是靠着这支藤甲军在南蛮战无不胜啊！"

诸葛亮突然问："这藤甲用油浸泡过？"

"是，是这样……"

"哈哈哈！"诸葛亮突然纵声大笑，"天助我也！"

第二天，诸葛亮命当地人带路，领着他到桃花江渡口北岸的山间偏僻地，察看地理形势。

话说孟获见诸葛亮率军赶到桃花江附近，连忙叮嘱乌戈国王兀突骨："诸葛亮狡猾奸诈，你可千万小心，不要着了他的道啊。"

兀突骨说："你提醒得对，我们合力而战。"

孟获原以为诸葛亮长途奔袭，一定会采取速战速决的战术，谁知他根本不出战，竟然在山林中安营扎寨住了下来。兀突骨几次派人去偷袭蜀汉军营，大将魏延也从不恋战，打不过就跑，营寨一连后撤了七回，败了十五阵。

被疯狂追赶的魏延也气得头晕，这半辈子何曾打过这种窝囊仗？但这是诸葛亮的军令，不得不从。他哭丧着脸对诸葛亮抱怨："再这样败下去，军心溃散，可就真败了……"

诸葛亮悠然道："魏将军莫急，取胜就在这两天了。"

乌戈国国王兀突骨见蜀汉大军节节败退，在心里便有几分轻敌："诸葛亮也没什么了不起的嘛！一看到我军容齐整的藤甲军，还不是被吓得落荒而逃？"

他却不知，连日诈败正是诸葛亮之计。他得腾出时间给兀突骨的藤甲军掘新坟。

到了一切准备妥当的这天，魏延领着残败的蜀军前来与藤甲军对阵。兀突骨骑在大象上一马当先，头戴日月狼须帽，身披金珠璎珞，两肋下露出生鳞甲，眼目中微有光芒，指着魏延破口大骂。

魏延也不跟他废话，拨马就跑。连日取胜，让兀突骨放松了警惕，也忘记了孟获的提醒，他想都不想就追了上去，很快就被引到一处狭窄深邃的盘蛇谷前。

兀突骨看到山谷两边光秃秃的，没有草木，以为没有埋伏，于是放心追入谷中。很快就看到十辆黑色的油柜车挡在路中央。

蛮兵说："这恐怕就是蜀军的运粮道路了，因为大王追过来，蜀军抛下粮车逃走了。"

兀突骨大喜，让属下继续追，快要追出另一边的谷口时，就看到山谷两侧突然滚下来许多乱石、横木，顷刻之间堵住了谷口。停在两边的大小车辆也瞬间被火把点燃，因为车上都是干草，火势迅速蔓延。兀突骨见势不妙，急忙下令蛮兵回头。可没走多久，就听士兵来报，进来的山谷谷口也被堵上了，之前路过的几辆黑色油柜车中装的也并非粮草，而是火炮。

兀突骨顿时慌了，可哪里还有逃走的路呢？

山谷两侧忽然掉下无数火把,火把点燃了地上的引线,火炮纷纷炸响,整个山谷中火光乱飞。因为藤甲都用油浸泡过,沾上火焰便立刻燃烧起来,谷内哀叫声不绝,宛若阿鼻地狱。兀突骨和三万藤甲兵被烧得到处乱窜,全都死在盘蛇谷中。

诸葛亮站在山谷上方遥遥望见乌戈国军兵的惨状，突然眼泪滚落："我虽然有功于社稷，但做出这种有损阴德之事，一定会折寿啊！"

而原本留守营寨中的孟获，此时也被诸葛亮派人骗到盘蛇谷外，看着谷中的一片火海，孟获就知道自己中计了，刚打算领兵逃跑，就遇上了张嶷、马忠两路军队从左右杀出。手下众人均被蜀兵抓获，只他一人杀出重围。

他在山林中左冲右突，头脑昏昏沉沉，也分不清方向。正仓皇奔逃间，忽然看见前面火光一闪，诸葛亮坐在一辆小木车上现身，喝道："孟获，你又败了，还不服吗？"

孟获面目扭曲，使出浑身的力气，冲向诸葛亮，不料却被旁边的将领一把揪住衣领，掀翻在地。

孟获又被活捉了。就连他的妻子祝融夫人和一家老小也都被活捉了回来。

这回，他再无怒气，也不再大喊大叫，默默枯坐良久，忽然垂泪，说："我想见诸葛丞相。"

旁边的兵卒说："我们丞相说了，不愿意与你相见，你要是想走就赶快走，聚齐了人马可以再来一决胜负。"

孟获泪如雨下，说："诸葛丞相七擒七纵，想要以理服人，我孟获虽然是化外之人，难道就不知礼义廉耻吗？我服了，心甘情愿归降。"

说罢，孟获带着妻子祝融夫人并孟优、带来洞主等人一起来到丞相帐外，赤裸着上身跪下请罪。

"这就对了！"诸葛亮大笑着现身，扶起孟获。

"丞相天威，我的子孙后代全都感念丞相再造之恩，南蛮以后再也不造反了。"孟获哭着说。

"请上座吧！"诸葛亮随即摆下盛宴，请孟获入席。

宴席间，诸葛亮授予孟获官职，永为洞主。此次蜀军所夺之地，也尽数退还。孟获

及其他参与的部族无不感恩戴德,宴饮罢欢欢喜喜地离去了。

自此,南方平定,蛮夷诸部世代感念诸葛亮的宽厚仁爱。

趣味链接 诸葛亮的发明

在本回中,想必大家对诸葛亮发明的杀伤性武器假兽印象深刻吧。想不到卧龙先生还是一位被耽误的发明家啊!下面就让小编为大家盘点一下他在《三国演义》中的神奇发明吧!

序号	发明专利	类别	特点
1	木牛流马	粮食运输工具	适宜山地运粮,速度快
2	诸葛连弩	武器	可以连续发射十次的弓弩
3	孔明灯	信号灯	快速传递信号
4	假兽	多功能兵车	外形似兽,能喷火吐烟的大型武器
5	搭桥枪	军事工程用具	快速建桥
6	"地雷"	杀伤性武器	木盒装"火炮",引线点燃后爆炸开来
7	八阵图	阵法	以乱石堆成的阵法,变化多端,不易破解

诸葛亮天水收姜维

—— 打仗赢了个好徒弟

平定南蛮后,诸葛亮很快班师回朝,蜀中上下欢欣雀跃,朝廷和民间都是一派清平的景象。

不久后,曹魏又有消息传来——曹丕患了寒疾,久治不愈。诸葛亮听闻之后,北伐中原的心思动了。

公元226年,四十岁的曹丕病逝,其子曹睿登基为帝。

消息传到蜀中,赵云、魏延等老将都激动异常,诸葛亮笑着说:"曹丕已死,曹睿不足为虑。如今曹魏朝野上下,唯一值得忧虑的就是司马懿了!"

"我有一计,可以除去司马懿!"

一个声音响起。众人回头一看,马谡从外面走进来。

赵云捋了捋长须,说:"司马懿正当壮年,极有谋略,如今又掌管着雍、凉两州兵马,想扳倒他可不容易。"

马谡轻笑:"其实也容易。毕竟……人心难测。若是让曹睿猜忌司马懿……"

接着,他向前几步,对着诸葛亮低语。诸葛亮听完眼中亮光一闪,对马谡赞许道:"妙计。"

几天以后，邺城的城门附近出现一则告示，以司马懿的名义昭告天下，要罢黜没有德行的新君曹睿，另立曹植为帝。

曹丕新丧，曹睿立足未稳，听到这个谣言大惊失色，急忙召集心腹商议对策。有人觉得司马懿谋反的意图十分明显，应该立即诛杀；也有人觉得他是先帝托孤的忠臣，不可能会谋反。司马懿自己也跪地哭诉："这都是吴、蜀奸细设下的反间计，要我们君臣自相残杀，我愿意领兵先破蜀、再灭吴，以表明我的忠心。"

曹睿心中的疑虑并未完全消除，虽然没处死司马懿，但也卸了他的兵权，让他回乡养老去了。

诸葛亮得到消息后，笑着说："虽然没能要了司马懿这老狐狸的命，可也夺了他的兵权，如此我就可以放心北伐了。"

建兴五年（公元227年）的春天，诸葛亮发兵三十万攻打曹魏，拉开了第一次北伐的序幕。

出征前，诸葛亮向后主刘禅上了一道奏表，详细分析了当时的天下大势，自己决定率领三军北伐中原，还反复劝勉刘禅要广开言路、赏罚分明，以继承先主遗志。这就是著名的《出师表》。

此次出征，赵云主动请命，要做先锋官："我虽然老迈，但还有廉颇的勇气，马援的雄心，愿意做前部先锋，即便战死也毫不畏惧。"

诸葛亮说："子龙，我平定南蛮返回成都，才得知孟起病逝的消息，如同痛失一臂，实在伤心。如今五虎上将中，唯有你还健在，你年纪也大了，倘若有半点差池，叫我和蜀中众人如何承受？"

"丞相此言差矣，大丈夫能够死在战场上，才死有所值，有什么可遗憾的呢？请让我做前部先锋。"

诸葛亮苦劝不住，只得同意。

曹魏这边得知诸葛亮率领三十万大军屯兵汉中，连忙调集军队前去抵御，率兵前往的是夏侯渊之子夏侯楙。

夏侯楙在长安聚集诸路军马时，西凉大将韩德带领四个儿子和八万西羌兵到来响应，夏侯楙高兴地将韩德任命为先锋。

不承想，一到战场上，七十多岁的赵云立下奇功——连斩韩德的四个儿子，险些生擒韩德，将魏军吓得胆战心惊。夏侯楙震怒，亲自领兵去迎战赵云。

都说"老子英雄儿好汉"，这夏侯楙颇有几分夏侯渊当年的风貌，只见他端坐马上，头戴金盔，手持一把寒光逼人的大砍刀，目光凶狠地瞪着须发皆白的赵云。赵云原本以为夏侯楙有几分本事，心底加了几分小心，谁知一对阵立刻知道，原来这家伙从里到外透着一股清澈的愚蠢，根本就不会打仗。

赵云哑然失笑，一枪将韩德刺死于马下，又把夏侯楙打得落花流水。夏侯楙仓皇逃往南安城，赵云便把南安城围得如铁桶一般，不分昼夜地攻城，几乎把夏侯楙吓死，缩在城中不敢露面。

诸葛亮率领大军赶到，见南安城久攻不下，便使了个巧计：命人假装逃出城的夏侯楙的手下，奔到安定城，向守将崔谅求援。

崔谅怕诸葛亮，更怕死，可他不敢不救夏侯楙，因为夏侯楙是曹操的女婿、曹丕的妹夫、当今皇帝的亲姑父。这人年少无知，头上的铁帽子却是一顶又一顶，若让他在自己这里出了事，自己怕是也小命不保了！

等崔谅启程去救夏侯楙时，诸葛亮就命人假扮成安定城的人马悄悄夺了安定城。崔谅被蜀军几路追得走投无路，只得大声喊："我投降！"

因为投降的态度好，回到诸葛亮大寨后，诸葛亮用上宾的礼节对待他。他十分干脆地提出："我与南安太守杨陵的交情深厚，不如由我去劝他开城投降。"

诸葛亮果然放他离开，等到了南安城后，他却开始和杨陵商量如何假装投降，将蜀军骗入城中，关门打狗。

他们的主意打得不错，可崔谅千算万算，唯一漏算了诸葛亮，他的这点花花肠子都是诸葛亮玩剩下的。于是，崔谅这场自不量力的智力博弈最后的结果是：崔谅死于张苞的枪下，杨陵死于关兴刀下，夏侯楙被生擒。

诸葛亮不仅识破了崔谅的诡计，还活学活用。他在攻下南安城后，又派人假扮成夏侯楙部下裴绪火速到天水郡去求援。天水郡太守马遵果然上了当，正在教场点兵准备去救人时，突然一个人大步流星地从外面闯进来。

"这是奸计，诸葛亮的奸计！"

马遵一见是中郎将姜维，立刻问道："何以见得？"

姜维剑眉一扬，说："南安城被赵云围着打了半个月，别说人，一只苍蝇都休想飞出来，怎么会有人从重围之中逃出呢？况且裴绪是个没什么名气的下等将领，大家都不曾见过，八成就是蜀兵假扮的。等他将太守骗出城后，蜀军一定会趁城中防备空虚，攻取天水城。"

马遵恍然大悟："伯约，要不是你，我就上当了！"

姜维低头略一思索，在马遵耳边说："太守，我们何不将计就计，诸葛亮一定在城外埋伏了军队，我愿意带领三千精兵埋伏在主路两旁。太守随后发兵出城假装中计，但不要走远，走三十里就返回。诸葛亮的伏兵见到太守带兵离开，一定会趁机攻城，以举火为号，咱们前后夹攻，可大获全胜。就算诸葛亮亲自来了，也一定会被擒获……"

马遵闻言大喜，当即依言带着人马出城，假装发兵去援助夏侯楙。

蜀汉先锋官赵云以为马遵中了计，径直来到天水郡城下，高声叫阵："你们已经中计了，何不早来投降？"

不料，留在城中的守将梁绪哈哈大笑："你自己中了姜伯约的计，还不知道呢？"

城上的人话音刚落，赵云就看见一队人马从自己后方杀出，堵住了自己的退路。领头的是一个银盔、银甲的少年将领，手持银枪，立马对峙，周身上下说不尽的风流倜傥。

蜀汉将士看了大惊，又禁不住在心里喝了一声彩："哟呵，这气派，这样貌，不就是年轻时候的赵云将军吗？"

赵云也吃了一惊，暗想："曹魏军中还有这样的人物？"

马上的白袍小将横枪跃马，朗声道："天水城姜维在此，赵将军可敢与我斗上一百回合？"

"你这娃娃如此自不量力，那我常山赵子龙就陪你玩玩！"赵云提枪催马，与姜维斗在一处。

两人战得正酣，忽然见后方有两路人马杀出，正是杀回来的马遵和梁虔。赵云当即甩开姜维，带领蜀军迎战，可惜被两面夹击，首尾不能接应。无奈的赵云只得冲出一条血路，带着败兵逃走。姜维一路追击，多亏了张翼、高翔带人前来接应，赵云这才逃脱回营。

"丞相，曹魏军中来了个厉害角色！"赵云回营后，顾不得喘口气，径直来到大帐中见诸葛亮。

"这人是谁，怎么能破了我的玄机？"

有南安人出来告知："这人姓姜，名维，字伯约，是天水郡冀城人。他奉养母亲非常孝顺，文武双全，智勇兼备，是当世英杰。"

赵云也连珠炮似的讲起了姜维如何破了间谍计，如何将计就计，前后夹击，最后又夸奖姜维的枪法。

诸葛亮闻言笑了，说："天水竟然有这样的人物，想不到，想不到！"

因为顾虑姜维，诸葛亮亲自率领前军朝天水郡进发。大军来到城下，诸葛亮见城上旗帜整齐，不敢轻易出兵，就在城下就近安营扎寨。

当天夜里，诸葛亮与众将领、谋士在大帐中议事，忽然就听见喊声震地，四下火光冲天，一支不知从哪里冲出来的军队和城上的守军一起鼓噪呐喊，摇旗响应。

原来是姜维猜到诸葛亮必定会亲自来察看，提前埋伏在城外，趁夜袭营。

蜀兵措手不及，四处乱窜，众人护卫着诸葛亮匆忙撤离。回头看时，姜维那张年少英俊却杀气腾腾的脸庞，被诸葛亮一眼捕捉到。诸葛亮意味深长地笑了笑，心头暗赞："姜维好个将才，勇猛之外还有调兵遣将的谋略，若是能收服姜维为我所用就好了。"

收兵回寨后，诸葛亮思考了很久，才唤来南安人询问："姜维的母亲，现在在哪里？"

这人回答说："姜维的母亲如今住在冀城。"

诸葛亮又唤来魏延，耳语道："你去围住冀城佯装攻打，记住，只围不攻。若是姜维要入城,你就放他进去。"

"丞相这东一榔头、西一棒槌,到底在搞什么鬼?"魏延心头大惑不解,却不敢不从,领命而去。

果然,姜维一听说冀城被围,马上向马遵请辞,带兵回冀城救母亲。魏延依照诸葛亮的嘱咐,假装打不过姜维,把姜维放入了城,随即又将冀城围了个水泄不通。

紧接着,诸葛亮用了一番威逼利诱的手段,让夏侯楙去劝降姜维,夏侯楙不以为然:"姜维忠诚得很,怎么会降?"

诸葛亮轻摇羽扇笑着骗夏侯楙说:"姜维这个人好面子,他早就想要降了,只不过要个台阶下。他说'只要驸马在,我愿意投降'。如今我就饶了你性命,你肯去招降姜维吗?"

夏侯楙半信半疑,但既然有机会脱身,自然也毫不含糊地答应了。诸葛亮于是直接给了他一身新衣服和一匹马,也不派人跟随,就放他出了营寨。

夏侯楙出了大寨,却不知道路在哪里,正盲目乱走时,忽然遇到不少从冀城方向逃出来的百姓。夏侯楙一问,众人都说:"那个姜维早已经投降了!蜀将魏延放火劫财,我们不得不弃家逃走,如今要去投奔上邽。"

夏侯楙大惊,忙问:"如今守天水城的是谁?"

有人回答:"天水城如今是马遵马太守防守。"

夏侯楙闻言,紧咬牙关,拨马向天水关赶去。见了太守马遵,他便把路上听说姜维叛降的事情一五一十地说了,气得马遵拍案大骂:"这个没有良心的贼子!他求我允他去救母亲,声泪俱下,没想到是在骗我!"

正踌躇间,就听见士兵来报,说蜀兵又来攻城。夏侯楙和马遵到城头察看,就看到城下一个姜维模样的人正在耀武扬威、口出狂言。因为夜间火光有限,众人都没有发现那人是蜀军派人假扮的,那人一直骂到天快亮时才撤退,直把城上众人气得够呛。

而真正的姜维这边，已经被围困在冀城多日，眼看粮草断绝，天水的援兵却迟迟不到，姜维心急如焚。正无可奈何间，姜维突然发现城外不远处有一支运粮的车队经过，仔细一看，车队还打着蜀军的旗号。

"事已至此，冒死一搏吧！"姜维心一横，率人马出城劫粮。姜维的手下都饿急了眼，一个个饿虎扑食一般，蜀军押运粮草的将士招架了几个回合，便假装不敌逃走了。

姜维在马上大笑："看来天不亡我姜维呀！"此时的他尚不知自己已经被诸葛亮算计了。

众人欢天喜地地带着粮草回冀城，不承想城头上已经变换旗帜。原来趁姜维出城劫粮的机会，诸葛亮已经命人把城夺了。

"哎呀，大事不好！"姜维大喝一声，扬鞭催马直奔天水城而去。在路上又遭遇了蜀汉将士的拦阻，一关关闯过去，好容易来到天水城下，姜维的手下已全部战死，只剩下他单枪匹马，好不凄凉。

"马太守，我是姜维，请开城门！"

马遵在城头看到姜维，不由得怒发冲冠，命令将士放箭："对准这个贼子，给我射！"

姜维大叫："马太守，是我呀！"

马遵指着姜维怒道："姜伯约，你投降了，还想骗我开城门？简直欺人太甚！"

姜维见进不去天水城，回头一看蜀兵已经追到了不远处，也不敢再耽搁，当即掉转马头，直奔上邽城而去。

不承想，城上的梁虔一看到姜维，立刻破口大骂："叛国贼，我已经知道你降蜀了！你怎么还敢来？"话音刚落，又是一阵乱箭从城上射下。

到此时此刻，姜维才恍然大悟，自己已经无处辩解了。他泪如泉涌，长叹一声："唉，我姜伯约一心为国，却落得这样的下场！"

眼看着身后的追兵快要赶到，姜维心如死灰，只得催马乱走一气，他自己也不知道自己走到了哪里。

走了几里路,遇到一片茂密的树林,忽然传来三声炮响,前方树林中冲出一队人马拦住了他的去路,领头的正是蜀将关兴。

姜维人困马乏,自知无法抵挡,拨转马头就往回走,忽然看到众人簇拥着一辆小木车缓缓行来。车上坐着一个羽扇纶巾的清瘦男子,双目炯炯地盯着姜维:"姜伯约,此时此刻,你走投无路,何不归降于我?"

姜维踟蹰半天,才问道:"你是诸葛亮?"

"正是。"

"唉,也罢!败在你手,姜伯约无话可说。"说完,姜维下马跪在诸葛亮面前,"我愿降。"

诸葛亮连忙起身,双手扶起姜维,激动不已:"我自出山以来,一直在寻觅有贤能的人继承我的衣钵,也不枉费我平生所学。伯约,你可愿拜我为师?"

姜维没想到诸葛亮如此看重自己,他那双尘霜难掩华彩的双眸中闪耀着温和、睿智的光芒,瞬间将姜维征服。这个年轻将领胸中涌过一股热浪,他膝头一软,再次跪倒,毕恭毕敬地向诸葛亮磕了三个响头。

"恩师教我!"

"好!好啊!今日得到伯约,我心下大感安慰,这是上天给我的恩赐!"诸葛亮眼含热泪,重新扶起姜维。

回到营寨中,听闻诸葛亮收了姜维,赵云等将领纷纷上前祝贺。人群中唯有一个身影落寞疏离,远远站着,一动不动,只是视线在诸葛亮和姜维身上来回漂移。

他是马谡。

趣味链接

千古名篇——《出师表》

《出师表》是诸葛亮在第一次北伐之前写给后主刘禅的奏表。全文既不借助华丽的辞藻，也不引用古老的典故，每一句话都不失臣子的身份，也切合长辈的口吻，意在让刘禅知道先帝创业的艰难，激励他完成先帝未竟的大业。又由于诸葛亮对刘氏父子的无限忠诚，披肝沥胆相待，因而言辞之间充满着殷切期望之情。全文既晓之以理，又动之以情，感情充沛，感人至深。

历代名人对《出师表》的评价甚高。

南宋陆游的《书愤》中说："出师一表真名世，千载谁堪伯仲间。"

清代的文学家丘维屏评价说："武侯在国，目睹后主听用嬖昵小人，或难于进言，或言之不省，借出师时叮咛痛切言之。明白剀切中，百转千回，尽去《离骚》幽隐诡幻之迹而得其情。通篇专以君子小人为言。一字一句，都从肺腑流出，不假修饰，而自为文章之胜。"也就是说，诸葛亮在《出师表》中所表达的忠君爱国之情，与屈原的《离骚》一脉相通。

不过，你知道吗？除了这篇收录于《三国志·诸葛亮传》中的《出师表》，还有一篇收录于三国时期吴国张俨《默记》中的《出师表》，一般认为也是诸葛亮的作品，写于建兴六年（公元228年）诸葛亮第二次北伐临行之际。人们为了方便区分，分别称之为《前出师表》和《后出师表》。

《后出师表》中论述了汉贼不两立和敌强我弱的严峻现实，表明了鞠躬尽瘁、死而后已的决心。

一招错马谡守街亭

——诸葛亮也有看走眼的时候

姜维同诸葛亮回营后，迅速出谋助诸葛亮拿下天水、上邽两座城池。

在庆祝夺取南安、冀城、天水三郡的宴席上，诸葛亮少见地喝醉了。自从收了姜维这个弟子，他就像得了一只金凤凰一样快活，整个人都焕发出勃勃生机。

这一切，都被马谡看在眼里。

在姜维出现之前，所有人心目中，马谡是那个要继承诸葛亮衣钵的人。数年来他殷勤侍奉在诸葛丞相左右，也深得诸葛亮的赏识。谁知半路杀出个姜维，耀眼如星辰，把属于马谡的光芒全部夺走了。

宴席那晚，马谡也喝醉了，最后借着醉意还大哭了一场。

诸葛亮连取三郡后威名大震，远近的州郡都望风归降。趁着胜利的大好局面，诸葛亮整顿兵马，一鼓作气，兵出祁山，接连大胜魏军，一直打到渭水之滨。

蜀军的这股气势着实把曹睿吓得不轻，急忙召集文武百官商议退敌之策。

可魏军军中此时已无大将可派，谁来领兵出战呢？

白发苍苍的老司徒王朗推荐了曹真为大都督。曹真又拉上了郭淮做副都督，王朗为军师，领东西两京二十五万兵马前去迎战。

两军在祁山前摆开阵势，三通鼓角声后，王朗出列，想要凭三寸不烂之舌劝说诸葛亮投降。

　　不料，诸葛亮针对王朗的谬论逐条驳斥，痛骂王朗身为汉臣却不忠不孝，斥责他的厚颜无耻……一番言论有理有据，振聋发聩。王朗急火攻心，大叫一声，堕马而死。

曹真、郭淮受此打击，接连败走，损兵折将，就连渭水岸边的大营都被诸葛亮夺了，最后不得不向朝廷乞求援兵。

曹睿听闻消息后大惊失色，不得已重新请司马懿出山，加封平西都督，率领魏军出征。为了鼓舞士气，曹睿还打算御驾亲征。

诸葛亮得到这个消息后，不由得浓眉紧皱，半天沉吟不语。马谡不解地问："那曹睿有什么本事？他若是来，我都能就地生擒了他。丞相有什么可担忧的？"

"唉！我哪里是担忧曹睿啊！整个曹魏，我所忧心的只有司马懿一个人！"诸葛亮叹了口气，"没想到他又出山了。"

马谡唇边滑过一抹哂笑，说："丞相，司马懿年近半百，有什么可担心的？"

姜维朗声道："不能小瞧了司马懿，此人心思深沉，屡出奇谋，是个劲敌……"

"伯约！"不等姜维说完，马谡就生硬地打断了他，"你曾与司马懿同朝为官，自然比我们更了解司马懿。但是以丞相的谋略，难道还不足以对付他吗？你也多虑了。"

姜维还想争辩，但看到马谡客套之下掩盖着的冰霜，又把话咽了回去。

诸葛亮心中一直在盘算着司马懿的事，对姜维和马谡的对话并未在意。他想起孟达从新城发来的求援信，忍不住又长叹了一口气。

孟达原本是蜀将，襄樊之战后，刘备深恨刘封和孟达没有及时救助，导致关羽兵败身亡。孟达也担心被刘备报复，转而投降了曹魏。曹丕在世时对孟达多有倚重，委以西南之任。可到了曹睿之时，对他并不信任，孟达在曹魏朝廷备受排挤，日子也越来越难过。如今听说诸葛亮率军北伐，便又生了反魏归蜀之心，于是准备联合金城和上庸两城太守起兵举事，给诸葛亮写了一封投诚信。

孟达如此大张旗鼓地起兵举事，让诸葛亮心头浮起了不祥之感。深思熟虑后，诸葛亮给孟达写了一封信，对他千叮万嘱，要他务必小心行事，不要轻信他人；还要小心司马懿来讨伐，阻断他归蜀之路。

可谁知孟达看了信，却笑着对身旁将士说："这个诸葛亮，还是这样多虑。司马懿如今在宛城，等他请到圣旨，到新城少说也得一个月，那时我早已把城池修建牢固，以逸待劳，怕什么司马懿？"

诸葛亮收到孟达的回信后，气得直接将信掷于地上，骂道："愚蠢！愚蠢至极！要不了多久他就会死于司马懿之手。"

马谡问："丞相为什么这么说？"

"兵法有云：'攻其不备，出其不意。'曹睿既然已经委派司马懿为平西都督，他一旦知道孟达反叛，必定会火速率兵来平叛，哪里还会给孟达防备的时间呢？孟达如此轻敌，必输无疑。"诸葛亮捶胸顿足。

想了想，他摆手让马谡和姜维出去，自己来到案前，挥毫给孟达写了一封回信，千叮万嘱他不可轻举妄动，尤其是要做好保密工作，没有举事之前，连同僚都不能让他们知道。

谁知，诸葛亮的一番苦心到底被孟达辜负了。孟达读完信之后哈哈大笑："诸葛亮现在越来越胆小了！"

话说司马懿听说孟达反了，第一时间就猜到了他会与诸葛亮暗中勾连。紧接着，司马懿就收到了来自金城太守的密信，把孟达撺掇自己一起谋反的计划一五一十地告诉了司马懿。很快，孟达的心腹李辅与孟达的外甥邓贤揭发孟达谋反的密信也传了过来。司马懿看完信，当夜便点齐兵马，日夜兼程赶往新城。

司马师不解道："父亲，陛下现在刚恢复您的职位，还没有让您出兵，这样贸然行事……"

司马昭哂笑："要是等到圣旨来，恐怕孟达的人马已经打到长安了！"

"我儿像我！"司马懿听了大笑，指着司马昭赞道，而后说，"就是要速战速决，只要快速擒获了孟达，一定可以震慑诸葛亮，他害怕了就一定会退兵。"

司马懿当即下令军队连夜起程，星夜行军。路上还遇到了领兵前来的大将徐晃，两人兵合一处，很快到了新城附近。

为了迷惑孟达，司马懿还让心腹梁畿给孟达送去檄文，让他出兵攻打蜀军。孟达对于金城太守和心腹的出卖毫不知情，听到梁畿说司马懿离开宛城去长安的消息时，当即大喜过望，连夜准备举事，攻取洛阳。

不承想，第二天，司马懿的先锋徐晃就兵临城下了。孟达大怒，拈弓搭箭，一箭正中徐晃的眉心。孟达还想开城门追赶，却发现四面旌旗遮天——司马懿的大军已经到了。

孟达仰天长叹："果然不出诸葛亮所料！"可后悔已经无用了，他只能紧闭城门，坚守不出。

当天晚上，曹魏大将徐晃死于箭伤。司马懿知道孟达骁勇不能硬拼，就让人将新城围了个水泄不通，而后命令金城和上庸太守佯装是来救援的援军，骗孟达出城相迎。

孟达果然上了当，他前脚带兵出城，后脚城上早已叛变的心腹便下令收起吊桥，紧闭城门。

等孟达发现不对劲想返回新城时，却发现自己叩不开城门。他的心腹李辅和外甥邓贤在城头上指着他叫骂："我们已经把城献出去了，你这个两面三刀的小人，不配做一城主将。你还不速速投降？"

孟达当然不愿意投降，这惹得城上两人气上心头，下令对着孟达乱箭齐发。

孟达夺路而逃，却很快被上庸太守申耽追上，一枪刺落马下。孟达就这样死于城下乱局之中。

李辅、邓贤打开城门，迎接司马懿入城。司马懿站在城头，看着已经被砍了脑袋的孟达，冷笑一声："三心二意的贼子，下场理应如此。"

司马懿平定孟达叛乱后，率领大军到长安与曹睿会合。曹睿大喜，不仅不计较他先斩后奏的行为，还对他果断平叛的行为赞赏有加，赏赐给他金钺斧一对，以后遇到机密

重事，不必奏闻，方便权宜行事。

大加封赏后，曹睿就命司马懿率军去破蜀。司马懿当即要了右将军张郃为先锋，率领二十万大军一起去援助曹真。

诸葛亮收到军报后，整个人如木雕泥塑般呆住了，半晌过去一动也不动，吓得姜维慌忙扶住。

"天命如此啊！唉！"良久，诸葛亮长叹一声。他最担心的事情还是发生了——孟达因为轻敌，着了司马懿的道儿，也让诸葛亮的大军陷入了困局。

这一晚，诸葛亮大帐内的灯火一直没有熄灭，伴着他清瘦颀长的身影，一直到东方将白。他回想了自己这半生，干掉了曹魏智囊无数，可这些人加在一起，也不如一个司马懿让他头疼！

司马懿也是一夜未眠，他对即将到来的战斗兴奋异常。他被迫卸甲归乡养老，这一切都是诸葛亮所害，那卑微酸楚的日日夜夜，似乎都在为即将到来的这一刻积蓄力量。他势必要和威震海内的卧龙斗智斗勇、一决高下，让诸葛亮知道谁才是天下最聪明的人！

为此，司马懿摩拳擦掌，分析战局。黎明升帐时，尽管一晚上没睡，却精神抖擞、有条不紊地排兵布阵。

司马懿说："如果是我用兵，一定会走子午谷径直攻打长安。可我猜诸葛亮会出兵斜谷，来取郿城。"

司马师问："父亲，您怎么知道诸葛亮会去取郿城？从子午谷直取长安不是更快吗？"

司马懿笑了笑，转头问司马昭："你怎么看？"

司马昭脱口而出："诸葛亮一生谨慎，不肯冒险。他一定不会走子午谷。"

司马师反问："你未免太小瞧诸葛亮了吧？"

"我和你看法一样，"司马懿却向司马昭投去了肯定的目光，"他若是攻下郿城，一定会分兵两路，一路守郿城，一路取箕谷。我已经发下檄文，令子丹拒守郿城，如果蜀兵来了，不可出战；令孙礼、辛毗截住箕谷道口，如果蜀兵来了，就出动奇兵。"

张郃问："将军会在何处进兵？"

司马懿说："秦岭以西有一条路，名为街亭，附近就是列柳城，这两个地方是汉中的咽喉。诸葛亮知道子丹没有防备，定会从此处经过去取郿城。我和你先去取街亭，截断诸葛亮的粮道。诸葛亮失了此地，陇西就休想安稳，只能退回汉中。若是他不肯退兵，我军也只需坚守一个月，就能饿死诸葛亮！"

众将听了，都为司马懿的计谋所折服，纷纷赞叹："都督神机妙算！"

司马懿微微一笑，对先锋张郃说："虽然如此，可还是要万事小心。诸葛亮不是孟达，他诡计多端，需要仔细提防。"

相比于司马懿的志在必得，诸葛亮却愁眉紧锁："司马懿出关，一定会攻取街亭，断我粮道。此次北伐成败就在街亭咽喉，谁愿意去把守？"

姜维刚要挺身而出，马谡已经抢在前面，大叫道："我去！"

诸葛亮看看姜维，又看看马谡，目光在他们两个人身上游移不定："这个司马懿老奸巨猾，可不是好对付的角色啊！更何况他手下还有先锋张郃，是魏军名将，恐怕你……"

马谡傲然道："司马懿再厉害也是人，有什么可畏惧的？"

诸葛亮语重心长地对马谡说："街亭这个地方虽小，位置却十分重要，一旦出现纰漏，我军将万劫不复！再加上这个地方无遮无拦，易攻难守，你可有完全的把握？"

"丞相，属下虽不才，斗胆自夸。我自小随兄长熟读兵书，通晓战术韬略。区区一个街亭，根本不在话下！"

马良？是的，马谡正是马良的弟弟。诸葛亮对马良的印象颇佳，那的确是个聪明人，只可惜已经死于彝陵之战。马谡在南征南蛮时提出的"攻心为上"也确实有几分见解，诸葛亮不免有些心动。

"伯约，你觉得呢？"诸葛亮突然向姜维发问。

姜维欲言又止："我……"

诸葛亮又问："如果派你去守街亭，你有几分把握？"

姜维刚要开口，马谡又抢先一步道："丞相，您不会偏袒自己的徒弟吧？"

诸葛亮还没反应，姜维却先红了脸，微微低下了头，这动作落入诸葛亮的眼中，瞬间闪过一丝失望。他转头盯住马谡："你敢立军令状吗？"

"愿意立下军令状！如果发生差错，就斩我全家！"

诸葛亮命人取来笔墨，马谡笔走龙蛇写下军令状，双手呈给诸葛亮。

诸葛亮接过军令状后，说："我拨给你二万五千精兵，再拨一员上将助你。"

说罢，命人叫来王平，吩咐道："我知道你一向谨慎，如今就将守街亭这个重任托付给你和马谡。你要小心谨慎守住此地，一定要在要道处安营下寨，不能让一个贼兵偷过。安营扎寨完毕，还需画详细的布防图送回来呈报给我。"

想了想，他继续吩咐道："你二人凡事都需要商议妥当了再去做，不能轻率大意。只要守住街亭不出差错，攻取长安后我给你们记首功。切记！切记！"

马谡和王平领命后离去。

等他们离去后，诸葛亮又寻思了一会儿，还是担心街亭有失，当即叫来高翔，命他带兵去把守列柳城，为街亭再上一把安全锁。

高翔领命离去后，诸葛亮又觉得他可能不是张郃的对手，于是叫来魏延让他领着本部兵马去街亭之后驻扎。

魏延原本还对将自己放在安闲之地心有不满。诸葛亮耐心劝解道："让你在此地接应街亭，保护阳平关的要道，总守汉中咽喉，这个责任重大，怎能认为安闲呢？"魏延这才高兴地离去。

魏延走后，诸葛亮这才稍稍心安，可转瞬间他又猛地警醒："我这样诸多安排，莫非是觉得街亭注定有失？"

这念头刚刚滑过脑海，就被他狠命压下："不会的。事关生死存亡，我只是不得不慎重。"

他再次唤来赵云和邓芝，吩咐说："你二人各领一支军队出箕谷，充当疑兵，战或不战自己决定，务必记住一点，遇到魏兵，一定要令他们担惊受怕，不敢轻举妄动。我将亲自统领大军从斜谷径直攻取郿城。只要拿下此城，长安可破。"

赵云和邓芝领命离去后，孔明又叫来姜维，担任先锋，和自己一起出兵斜谷。

再说司马懿这边，马谡到达街亭后不久，他就接到了密报。当听说街亭有兵士防守时，他还觉得诸葛亮神机妙算，自愧弗如，可当他听说守将是马谡时，不由得哈哈大笑："没想到诸葛亮英明一世，竟然派出马谡这种草包来守街亭！诸葛亮啊诸葛亮，你也有看走眼的时候？"

司马师凑上去问："父亲，听说这个马谡出身名门，家里五兄弟都是有名的谋士，他不会这么弱吧？"

司马懿又笑："他不过是一个徒有虚名的庸才，他懂什么兵法？待老夫好好给他上一课！"

事情果然不出司马懿所料，马谡在街亭昏招频出，街亭在他的手里还没有焐热就丢了。

得到消息的那个春夜，诸葛亮一口鲜血喷涌而出。

趣味走链接

你所不知道的司马昭

有一个成语叫"司马昭之心，路人皆知"，主角就是司马懿的二儿子司马昭。

他也是一个野心家，为了实现自己的政治野心，手段比父亲和哥哥更加决绝、残忍。他是历史上第一个敢当街弑杀皇帝的臣子。这个举动可以说是严重违反了君臣礼法，在皇权至上的古代，需要承受诸多口诛笔伐。渐渐地，司马昭就成了"乱臣贼子"的代名词。

除了是个野心家，司马昭还是一位杰出的政治家、军事家，他独揽曹魏军政大权时，曾身体力行提倡节俭，一反魏明帝后期的奢靡之风；他劝课农桑，发展生产；他出兵伐蜀、伐吴，为三国归晋奠定了基础。

总的来说，司马昭有很多面，是个很有争议的人物。

诸葛亮巧施空城计

——司马懿一辈子的阴影

建兴六年（公元228年）的春天，时间将近寒食，空气中却依然氤氲着湿冷、黏腻，令人呼吸都感到滞重。夜空中群星闪烁，诸葛亮心乱如麻。

自从马谡领兵走后，先帝刘备在临终前说的话一直盘旋于脑海："不可重用马谡！"这心中的不安在看到王平命人送回来的排兵布阵图后更甚了。

原来，马谡和王平率领蜀军浩浩荡荡来到街亭后，马谡骑着马在四周观察了一圈地势，便下令把军队驻扎在街亭附近的山上。

王平大感不解，忙问："马参军，在山上安营扎寨不妥吧？为什么不听从丞相的吩咐直接在大道的路口建营呢？"

马谡哈哈大笑："王将军，你和丞相都太过谨慎了！路口哪里是扎寨的地方？这里山高偏僻，四面都不相连，在山上屯军，有树木作为掩护，司马懿如何敢来？"

王平急道："那也不能在山上安营啊！一旦敌人将山下团团围住，我们就只有等死的份儿了！"

马谡突然变了脸，冷笑一声："王将军，你怎么叽叽歪歪个没完？我军驻扎在高处，司马懿在低处，我们居高临下，势如劈竹，杀他们就如探囊取物一般简单，有什么可担

忧的？"

王平满脸通红，又急又恼："参军，您固然足智多谋，但我也经常跟随丞相左右，跟他学了不少兵法。我观察此山正是一处绝地，如果魏兵截断我军取水之路，将士们将不战自乱……"

马谡用手指着王平，语气加重："你一个莽夫懂什么兵法？就算魏兵断我取水之路，我蜀军中难道就没有勇士，就不能强攻硬拼？再胡言乱语坏我军心，一定严惩！"

王平眼中几乎冒火，他想到临行前诸葛亮对他的嘱托，又强压怒火，紧咬牙关道："参军如果一意孤行，我也没有办法阻止。请分给我一些兵马驻扎在山下，如果魏兵来了，也好互相照应。"

"不需要！"马谡扔下一句话，就要昂首离开。

王平急忙上前拦住他，言辞坚定地说："丞相让我分兵护卫，为的就是留个后手。马参军如果不答应，来日怎么向丞相交代呢？"

马谡冷笑一声，说："你要是分兵下寨，等我破了司马懿，可没有你的功劳！"

王平抱拳行礼，说："我不求功，只求完成丞相的任务。"

说完，立刻领着本部人马到山下十里处安营，并急急绘制了一幅马谡安排的营寨图，命人骑快马连夜去禀报诸葛亮。

话说司马懿率兵来到街亭附近，先命司马昭去查探军情。司马昭回来禀报说，蜀汉军队把营寨安在山上，司马懿都惊呆了："我没听错吧？营寨扎在山上？"

司马昭点头："没错。"

"诸葛亮玩的这是什么把戏？"虽然时值半夜，司马懿还是骑上马，亲自来侦察一番。果然见街亭附近山上密密匝匝全是兵马。

司马懿眉头一皱："诸葛亮不可能犯这种低级错误，其中必然有诈。"

司马昭说："看来，马谡并没有听诸葛亮的话。"

"这个蠢货！"司马懿嗤之以鼻，"估计他连自己怎么死的都想不明白。"

春夜无风，月亮照得四下通明，宛如白昼。马谡在山上把前来查看的司马懿等人也看得清清楚楚，大笑着说："他们肯定会来围山。"

随即下令道："如果魏兵围山，只要看到山顶红旗招展，立刻四面杀下山去，打他们个措手不及！"

司马懿又打探清楚王平的位置，派大将张郃前去阻挡王平的去路，而后率军大举围山。与此同时派人去断绝蜀军下山取水的道路。

山上的蜀军见山下人头攒动，军容齐整，心里不免有了几分胆怯。马谡命旗手在高处舞动旗帜，发布下山命令，却无一人敢动。马谡大怒，亲自斩杀了两名不听命令的将领，而后高喊："将士们，曹魏贼子已经把我们的取水道路切断了，我们退无可退，大家不如跟我冲！拼出一条血路来！"

众将士这才被迫向山下冲去，还没到山脚，就被曹魏军队杀得退回山上。

马谡急得跳脚，却无计可施，只好命众人紧守寨门，等待援兵。

却说王平的哨探打听到魏军围山，立刻起兵打算去救，不承想，他刚出发就被埋伏已久的张郃迎头痛击。王平手下人少，又无人相助，哪里是张郃的对手，只得且战且退。

马谡迟迟等不到援军，山上没有水也没有粮食，军中很快就乱了起来。到了半夜时分，山南的一队蜀兵直接打开寨门下山投降，如泄闸的洪水一般，马谡根本拦不住。

司马懿见山上的人撑不住了，十分干脆地令人沿山放火，山上蜀兵看了更加慌乱了。马谡眼看着山上守不住了，只得驱赶着残兵一起杀下山，向西逃走。

见马谡下山，司马懿也不阻拦，直接让开大路，放马谡过去。

马谡没逃多久，就遇到了前来接应的魏延军队。魏延一看马谡居然能全身而退，错估了形势，直接落入了司马懿设下的包围圈。

危急时刻，幸好有王平赶到，拼死从万军丛中救出魏延。两人片刻不敢耽误，直奔列柳城投奔高翔。

高翔听说街亭失守，引兵来救，正好在半路上遇到了王平和魏延，三人一商量，决定夜晚去劫寨，收复街亭。不承想，司马懿早就猜到了他们的行动，埋伏了大波伏兵。等他们拼死杀出埋伏圈，才发现列柳城也被曹魏的郭淮占领了。三人无奈，只得领着残兵退守阳平关。

司马懿夺了街亭和列柳城，既不追赶王平、魏延，也不去诛杀马谡，而是率军向西城进发。那里是蜀汉大军的粮草大本营。

而诸葛亮在接到王平送来的马谡安营图后，当即就打算撤换将领守街亭，只是不等新的将领出发，街亭失守的消息就已经传来了，紧接着就是列柳城失守的消息。

一股从未有过的挫败感袭上了诸葛亮的心头，他跺脚长叹一声："大势已去——这都是我的过失啊！"

懊悔过后，也不能什么都不做，他当即面色冷峻地分派人手，准备撤退事宜：密令大军，暗中收拾行装，准备起程；又派关兴、张苞带人去故布疑兵，惊吓魏军，让他们不敢轻举妄动；派张翼去修剑阁栈道，准备好退路；派马岱、姜维去把守要紧关隘，负责断后；派心腹分别去通知天水、南安、安定三郡的官吏军民，全部进入汉中；派心腹到冀城接姜维的母亲送到汉中。

最后，他给自己留了五千兵马，到西城去搬运粮草。

兵马未动，粮草先行。无论是胜还是败，粮草最为要紧。诸葛亮此时既无将可派，亦不放心交给他人。

一到西城，诸葛亮立即分出一大半人马去运粮草，剩下的都是老弱病残以及随军的一些文官。众人正在商议战事时，忽然有侦察兵来报："司马懿率领十五万大军杀来了！"

众人听了大惊失色，诸葛亮沉声道："莫慌，听我的安排，不要擅自行动，我自有妙计脱身！"

紧接着，一道道命令自诸葛亮处传出：所有旌旗、武器藏匿起来，士兵躲在城中；大开四门，每座城门只留下二十名士兵，打扮成老百姓的模样扫街；命人搜集马粪，抬到城门处备用。

一切安排停当后，诸葛亮换上一件家常的鹤氅，带着两个小童子，携琴一张，登上城楼，凭栏而坐，焚香弹琴。

下午的阳光斜斜地照在城头上，一圈圈光晕笼罩着诸葛亮，营造出一副悠闲散漫的姿态。诸葛亮面色从容，身姿雅正地弹着琴，十指在琴弦上信手拨弄，琴音袅袅，不绝如缕。身旁的一个小童子站立久了，微微闭眼打着盹。

司马懿的前军哨来到城下，看到的就是这番景象，都不敢前进，急忙报告司马懿。

司马懿也有点不敢相信，下令三军暂停，自己亲自骑马到近处观望。果然看见诸葛亮坐在城楼之上，笑容可掬，焚香弹琴。左边的童子手捧宝剑，右边的童子手执麈尾。城门大开，内外还有二十多名百姓模样的人低头洒扫，旁若无人。

诸葛亮那超凡脱俗的风姿气度，着实令司马懿在心里赞叹了一回。

"诸葛先生，久闻大名啊！"这是司马懿第一次与诸葛亮见面，可诸葛亮这个名字无数次萦绕在他的耳边。他做梦都渴望有一个机会，和诸葛亮比一比。现在劲敌就在眼前，他的心澎湃异常。

诸葛亮眼角的余光早就瞥见了司马懿一行人，却一直等到司马懿出声，才缓缓停下弹琴的手，朗声道："来人莫非是司马仲达？"

"正是我，"司马懿干笑一声，"一个无名之辈，比不上阁下名扬四海啊！"

诸葛亮大笑："虚名而已，不必挂怀。今日有缘与仲达先生相见，三生有幸，不如请你进城来，咱们喝杯茶，如何？"

说话间，目光坦然、镇定地看向司马懿。

司马懿闻言，又干笑一声："哈哈，诸葛先生，你想诓我入城，要我这条老命吗？"

他一边说着话，一边向空荡荡的城门内打量。放眼望去，城门内外只有几个百姓模样的人往来打扫街道，不见兵马，也不见武器，他心里不由得又惊又疑。

诸葛亮在城头笑呵呵地说："仲达不必担心，城中并没有埋伏，这不过是一座空城。我是诚心实意请你喝茶听琴。你来，还是不来？"

司马懿又说："你孔明先生的琴艺，自然是极好的，寻常人哪有机会见识？"

他一边说，一边继续用鹰隼一般的锐利目光上下打量着。

正在这时，被派出去哨探其他三座城门的兵卒回来了，悄悄告诉司马懿：所有城门洞开，无人把守。

忽然，城门内有了一些动静，司马懿不由得伸长脖子看，原来是几个人抬出一筐筐的马粪往城外倾倒，还冒着热气。

"这个诸葛亮，真的是想骗我入城，好险！"司马懿想到这里，立刻下令，前军做后军，后军做前军，快速撤退。

司马昭急问："父亲，出什么事了？为什么不进攻？"

司马懿一边打马狂奔，一边气喘吁吁地说："城中分明藏着大量军马！快撤！晚了就中了诸葛亮的奸计！"

就这样，司马懿的十五万大军匆匆而来，又匆匆而去。他甚至不敢走大路，慌慌忙忙领兵走山北小路逃跑，结果正好遇到了等在那里的关兴和张苞。关、张二人得了诸葛亮的吩咐，全力击鼓呐喊，弄出千军万马的动静，吓得司马懿一刻都不敢停留，丢下全部辎重、粮草仓皇逃回街亭。

曹真派来拦截的兵马也被姜维、马岱吓退了回去。

去箕谷的郭淮也被赵云吓得不敢前进一步。

等到司马懿醒悟过来的时候，诸葛亮早就把人马、粮草全都撤回了汉中。司马懿再次返回西城，捉住城中百姓询问，才知道诸葛亮当时手中只有两千五百名军丁，还有一部分老弱病残。

司马懿气得面如土色："空城计？空城计！哈哈哈！诸葛亮欺人太甚！"

诸葛亮回到汉中时，马谡已经先一步到了，他让人把自己绑起来，押送到诸葛亮面前，泪流满面道："丞相，您的北伐大计毁于我手，属下愿以死赎罪。"

诸葛亮眼眶一红，说："你从小饱读兵书、熟谙战法。出发前我多次叮嘱，街亭是我军的根本，你以全家性命担保，接了这个重任。若是你能听了王平的劝谏，也不会惹出这样的大祸！如今损兵折将，失城陷地，你罪无可赦！若不明正法典，严明军纪，我还怎么服众？你不能怨我……"

马谡闻言眼一闭，涕泗横流："丞相，我该死，我死不足惜，只是我的家人……我的儿子……"

诸葛亮背过身去，强忍泪水，说："你死之后，你的家人，我会按月送去禄粮，你不必挂心……你的儿子就是我的儿子……"

马谡仰天叹息，而后大笑："我马谡自诩聪明，却原来是个纸上谈兵的笨蛋。哈哈哈哈……"

笑罢，他对着诸葛亮磕了几个头，说："丞相，您待我如子，我却有愧于您的教导，您的大恩，我来世再报吧！"

诸葛亮不再搭话，挥挥手，示意刀斧手将马谡推出去行刑。

"刀下留人！"从成都赶来的参军蒋琬快步走入大帐，为马谡求情，"丞相，如今正是用人之际……就饶了他这回吧，让他戴罪立功。"

诸葛亮摆摆手："不必劝了。如今四方纷争，战争才刚刚开始，若因为他废弃法纪，恐怕难以治军。马谡应当按军纪斩首……"

过了一会儿，行刑武士献上马谡的首级，孔明大哭不止。

左右劝道："马谡已经伏法，丞相为何还要哭泣呢？"

诸葛亮说:"我是想起了先帝,他在临危之时,曾经嘱咐我说:'马谡不能重用。'如今我识人不明,愧对先帝所托,错用马谡,悔不当初……"

哭罢,诸葛亮上书后主,自请贬职三级,以示惩罚。而后暂代丞相之职,继续在汉中练兵,筹备下次北伐事宜。

趣味链接：在古代被贬官是一种什么体验

本回中，由于重大决策失误，诸葛亮痛失北伐的大好时机，因此自请贬职三级，暂代丞相之职。在古代，贬官也有大学问，咱们就来简单说一说古代贬官这事儿吧。

首先，在古代，贬官有很多种说法，如："左迁""谪""放""窜逐""黜""免""夺""绌"等。从字面意思来看就能明白，对官员们来说，这不是什么好事。唐代大诗人韩愈曾经写诗说过自己的被贬心路历程："一封朝奏九重天，夕贬潮州路八千。"真是路漫漫、心惨淡，说不尽心头愁绪万千啊！

在古代当官不容易，贬官是常有的事儿。因为封建社会皇权至上，万一遇上的不是明君，那简直可以有一千个贬官的理由。而且，被贬的地方基本上都是蛮荒、偏远的地方。被贬的官员不仅要忍受人生的失意，还要忍受极大的身体痛苦，简直是双重折磨。

而历史上，贬官经历最精彩的莫过于北宋时期的苏轼了，他曾三次被贬，先后被贬到黄州、惠州和儋州，一生不是被贬就是在被贬的路上。但苏轼是个性格乐观、豁达的人，即使是被贬到偏远的地方，也能尽心竭力为百姓谋福，为朝廷解忧，闲暇之余还能苦中作乐，写诗、赏景、品尝美食。所以，不仅受他恩惠的百姓感谢他，千百年后的人们也能从他的诗词中领会他面对人生坎坷时云淡风轻的态度，因而钦佩他、怀念他。

姜伯约诈降立大功

——最了解诸葛亮的是司马懿

与诸葛亮的初次军事交手，司马懿取得了大胜，迫使诸葛亮暂时放弃北伐，退守汉中。然而，这样辉煌的战果，依旧无法平息司马懿心头的遗憾。发生在西城的那一场"空城计"，如幽灵般盘旋在他心头：那洞开的城门、悠闲自在弹琴的诸葛亮，都在对他发出无声的嘲笑。

"这诸葛亮究竟是人，是鬼，还是神？"

午夜梦回之时，司马懿无数次自问，可他没有办法回答自己，更不愿意相信诸葛亮真有通天彻地、神鬼莫测的本事。他不敢再轻举妄动，便趁着曹休征战东吴的机会，转而率兵去了江东助阵，移师江陵。

曹家没有吃闲饭的人。征东大将军曹休，是曹操的族侄，亦是他的养子，更是曹魏的股肱之臣。他率领大军来到皖城，本以为可以建功立业，没想到遇到了白面书生陆逊，被揍得鼻青脸肿，铩羽而归。曹休一生之中从未遭遇过如此败绩，回到洛阳后羞愤交加，背疽发作，没多少日子就死了。

司马懿得到消息后，立刻从东吴撤军，迅速回到洛阳。他的这个举动令曹睿和满朝文武大惑不解，司马懿解释说："东吴获胜，诸葛亮必然会乘虚进攻长安。我担心长安情况危急,无人解救,因此返回!"

众人都不相信,暗笑司马懿被诸葛亮吓破了胆子,司马懿被气得哑口无言。

几天之后,前方军报传来,蜀汉果然大举进攻陈仓道口。

曹魏众臣都感到脸疼,自此对司马懿刮目相看,并得出了一个结论:整个曹魏最了解诸葛亮的人就是司马懿,由他去阻挡蜀汉北伐再合适不过了。

但大将军曹真却并不服司马懿。本以为司马懿被弃用,这辈子就老死在宛城了,可谁知这个老家伙被皇帝重新起用后,竟然枯木逢春,官途大畅,还打败了诸葛亮立下首功,风头盖过了自己这个大将军。曹真郁闷至极。

因此,他主动请缨,要去迎战蜀军,还举荐同乡王双作为先锋。

再说陈仓这边,蜀兵前哨已经将陈仓的情况打探完毕。陈仓的守将名叫郝昭,带着三千余名陈仓守兵在陈仓口筑起一城,遍地排布鹿角,防守十分严密。

有蜀军将士提议,不如放弃攻打陈仓城,改从太白岭鸟道出祁山,会容易得多。但诸葛亮拒绝了。陈仓就在街亭附近,第二次来到这个战场,诸葛亮心中充满斗志,誓要攻下陈仓。

他命令魏延领兵从四面攻打陈仓城,一连攻打了好几天,都不能攻破。魏延也回来报告诸葛亮,说陈仓城难攻,建议改道。

诸葛亮闻言大怒,想要斩杀魏延,被人劝阻才作罢。

诸葛亮帐下有一个名叫靳祥的将领,和陈仓守将郝昭是同乡,主动请缨去劝降,但也没有成功,蜀军一下子陷入了进退两难的境地。

郝昭拒绝也就算了,还狠狠地羞辱了蜀军一番,诸葛亮大怒:"匹夫!欺人太甚!真以为我没有攻城工具,攻不下陈仓城吗?"

诸葛亮当即命人在军中打造了一百多架云梯,每架云梯里可以乘十几名士兵。士兵们乘云梯到达城墙下,等军鼓响起就一起用绳索往城墙上爬。

诸葛亮计划得挺好，但魏军早有准备，用火箭往城下射，云梯和云梯上的士兵好多被火箭射中，损失惨重。魏军还在城上往下扔石头，蜀军不得已只能先收兵。

诸葛亮随后又用冲车、地道等方法猛攻，均被郝昭破解，双方就这样相持了二十多天。

二十多天后，曹魏先锋王双来到两军阵前。

落叶纷纷，北雁南飞，秋日的原野一片苍凉。身形如一尊黑铁塔般的王双站在旌旗下，仿佛遮蔽了日光，在大地上投下一片浓重的阴影。他的脸异常黝黑，硕大的头颅顶着红缨金盔，蒲扇般的大手紧紧攥着长刀之柄，腰间挂着黑铁流星锤，稳稳地坐在一匹魁梧高大的大宛马上，犹如来自地狱的杀神。

"谁是诸葛亮？出来受死！"王双一声吼，震得众人耳中嗡嗡作响。

坐在木车上观战的诸葛亮不由得暗赞一声："没想到曹魏还有这样的人物！真不亚于许褚、张飞！"

裨将谢雄打马出来迎战，不到三个回合就被王双一刀劈死。龚起接着出战，也只打了三个回合就被王双斩杀。

诸葛亮大惊，连忙令廖化、王平、张嶷三人迎敌。三人与王双打了几十个回合，不分胜负。王双见状诈败逃走，引得张嶷随后追赶，被王双的流星锤一锤击中后背。幸好王平、廖化及时赶来，将他救回。王双领着魏军一阵大杀，蜀军死伤惨重。

诸葛亮眉头微皱，下令撤军二十里，唤来姜维商议对策。

姜维沉思一会儿，道："丞相，陈仓城高墙固，郝昭守御严密，如今又有王双相助，一时难以攻下，不如我们避其锋芒，留一员大将率兵驻守此地；再命一良将把守要道，防备街亭进攻；余下的大军去偷袭祁山，先克曹真。"

"不错，"诸葛亮赞许地点头，"我正有此意。你准备如何对付曹真？"

姜维神秘一笑，用手指在案几上缓缓写了一个字——"诈"。

诸葛亮看完哈哈大笑，说："伯约，你的智谋不在我之下。"

姜维忙拱手作揖，谦虚道："丞相神机妙算，属下不过是雕虫小技罢了。"

"如果你能把我的韬略都学到手，我死后也有颜面去见先帝了。"诸葛亮说完，又转头去看祁山的地图。

当夜，蜀汉主力悄悄拔营撤走，而姜维早一步准备好一封写给曹真的密信，派人走山路送到魏营。

姜维在信中详细讲述了自己被诸葛亮骗入蜀营的经历，又说自己有心回归曹魏，要趁着此次蜀汉出兵祁山的机会，先烧毁蜀汉粮草库，再擒诸葛亮。

曹真把书信看了两遍，仰天大笑："这不是老天爷助我成功吗？这次，我倒要看看司马懿还怎么抢我的功劳！"

帐下有一位名叫费耀的将军提醒道："将军不可全信，诸葛亮深谋远虑，这个姜维也足智多谋，万一他们使的是诈降计……"

曹真一笑："正因为他是聪明人，才懂得'君子不立危墙之下'的道理呢。蜀汉如今连赵云也死了，帐下没有几个能用的大将，只剩一副空架子。只要诸葛亮一死，这副架子就塌了。到那时再做俘虏，哪比得上现在弃暗投明？"

众人听了纷纷拜服："大将军英明！"

按照姜维书信中的约定，曹真要率军进入斜谷，那时姜维把诸葛亮也骗入斜谷，上演一场里应外合的好戏。

曹真越看越欢喜，这不是天降大功，砸自己脑袋上了嘛！他正打算依计而行，费耀坚决不同意："大将军，您是一军的首脑，怎么能轻举妄动，就让属下代您去斜谷吧！"

曹真一想，万一成功了，功劳是自己的，失败了也有人替自己承担风险，于是高兴地同意了。

就这样，费耀带领五万魏军来到斜谷，蜀军遥遥望见魏军的旗帜，就撤退了十里。

费耀再往前走，蜀军又退了十里。费耀知道这是姜维事先在信中说好的安排，于是放心大胆地继续前行。可谁知蜀兵一直退到了斜谷深处还不停止，一缕危险的联想慢慢袭上费耀的心头："莫非姜维真的有诈？"

他命令大军不必再追，停下休息，原地生火做饭。

正要派出探马去前方侦察敌情，突然就听见山谷中传来三声炮响，四面八方鼓角齐鸣、旌旗飘动，蜀兵仿佛从天而降将费耀的人马团团围住。

费耀大惊，正打算冲出去，忽然见门旗下，一个穿鹤氅的人手摇羽扇端坐在小木车上被人推了出来。那人满脸笑意地望着他，说："唤你家主帅曹真前来答话！"

费耀冷笑，大声答道："我家主帅身份尊贵，哪是你们这些反贼想见就能见的？"

"曹真没来！"诸葛亮心头一怔，摇扇的手突然一滞，脸上浮起怒容。他袍袖一挥，两侧立刻有将士杀出，紧跟着山上滚木、石块纷纷落下，把费耀逼得连连后退，慌不择路地逃命。

曹魏大军死伤无数，费耀的耳朵里灌满了哀号惨叫，正慌乱间，突然听到一声暴喝："贼子休走！"

费耀猛抬头，看到不远处骑在马上的姜维，不由得怒骂："姜维，言而无信的小人！竟敢用计骗我！"

姜维摇头而笑："可惜了我的妙计！原本想活捉曹真，没想让你撞了进来！你自己送死，又能怪得了谁？"

费耀刚要接着痛骂姜维，忽然发现山谷中火光冲天，背后追兵已至。费耀见大势已去，拔出宝剑自刎而死，余下部众全都投降。

姜维与诸葛亮会合后，不无遗憾地说："可惜跑了曹真……"

诸葛亮也轻轻叹口气："天命如此，强求不得。"

两人整顿兵马，连夜出祁山，到山前扎寨。

却说曹真听到军报后，一想到若不是费耀，自己或恐命丧姜维之手，吓得晚上做了好几回噩梦。天还没有亮，他就起身披衣在案前给魏主曹睿写了一封军报：蜀军已兵出祁山，我军损失惨重，情况十分危急，请主上派兵救援。

很快，他收到了回信，得到的指示简直匪夷所思：大都督即日起坚守各路关口，不要出战。用不了一个月，蜀兵自会撤退。到时再乘虚出击，就能擒住诸葛亮。

随信而来的还有大将张郃，曹真不解地问："这是陛下的意思？"

张郃点头："确实是陛下的意思，不过陛下听的是某人的意思。"

张郃虽然说得含糊其词，但曹真早已明白，这是司马懿出的主意。他本能地想要抗拒，可张郃却接着说："他说，陈仓是蜀军运粮的唯一通道，如今已被郝昭、王双阻住；诸葛亮长驱直入，所带的粮草不足支撑一个月，他急于取胜，必然快攻快打。如果大都督避战不出，诸葛亮短时间内无法取胜，必会撤兵。"

曹真听完，心头暗暗佩服的同时又涌起一股酸涩："司马懿果然是最了解诸葛亮的人，我不如他！"

就在曹真心乱如麻、五味杂陈时，诸葛亮也在犯愁。军中粮草告急，如果不能迅速把握战斗的主动性，此次北伐基本就败了。

"必须速战速决。"诸葛亮打定主意。

然而，诸葛亮每日派人去魏军营前挑战，魏军都坚守不出。

正焦急间，忽然听闻，陇西魏军数千辆运粮车从祁山之西经过，运粮官是孙礼，是曹真的心腹。

诸葛亮当即笑了："这一定是魏将知道我们缺粮，想出此计来诱我们上钩。我猜车上装的一定不是粮草，而是引火之物。"

不错，派郝昭、王双堵住陈仓只是先手，司马懿的杀招是诱惑蜀军去劫粮草，然后一把火烧干净。

诸葛亮冷哼一声，说："用火攻，我是祖宗，司马仲达这是班门弄斧啊！"

当下，诸葛亮就准备将计就计，调兵遣将。

等到夜晚二更过后，众人各就各位。马岱带人去西山放火，点燃了孙礼的车仗，孙礼还以为蜀兵中计了，想要围剿马岱，却被马忠、张嶷带人困在了战场中央。在三位蜀军大将的内外夹攻下，魏兵大败，孙礼冒火逃走。

而先锋营的张虎见西山火起，立马与乐綝一起率领兵马杀向蜀军大寨，到了营寨才发现寨中空无一人，他们想要撤退，却被突然杀出的吴班、吴懿两路军队截断了归路。

而他们的先锋营大寨也早在他们离开后，就被乘虚而入的关兴、张苞一举劫营。

魏军败将无处可去，纷纷逃往后方的曹真大寨。

曹真见到一众败将后，郁闷不已，但因为新败，不敢擅自行动，一耽搁就是两天。张郃带着司马懿的吩咐来见曹真，问："我军失利后，都督都不曾派侦察兵去探听蜀军的消息吗？"

曹真说："没有。"

张郃长叹了一口气，说："我来之前，仲达说：'若我军得胜，蜀兵一定不会撤退；若我军战败，蜀兵一定立刻撤退。'都督还是派人去查看一下吧。"

曹真原本还不相信，可派出去的侦察兵很快就来回禀，蜀军营寨果然空无一人，曹真顿时追悔莫及。

原来，蜀军大胜后，诸葛亮立即安排人手去布局连夜撤退的事，生怕魏军的援军到了，就走不了了。

长史杨仪对他的安排十分不解，诸葛亮解释说："如今魏兵新败，不敢正视蜀兵，出其不意，才可安然撤军。等他们反应过来，一旦发兵围困，我们就走不了了。"

话毕，他又长叹一声，说："如今我只担心去陈仓道口与王双相持的魏延一军，若是他们也能安全脱身，我才是真的无忧了。"

魏延出发前，诸葛亮传授了他一招密计，若使用得当，便可斩杀王双，到那时，魏兵必定不敢来追。

魏延领命后，当即做出拔营回汉中的假象，引得王双追赶不止，可前面的"魏延"并不回头，引得王双追出去了二十多里。王双觉察出可能中计时，才发现背后大营的方向火光冲天。原来，真正的魏延领着一队伏兵就埋伏在王双营地附近的山林中，等到王双一离营，魏延便放火烧寨。

王双担心营寨有失，火速回援，却被等在半路上的魏延一刀砍落马下，剩下的魏兵四散逃走。魏延这才慢悠悠地带着人马朝汉中行进。

曹真得到陈仓传来王双被斩的军报，发现自己又被诸葛亮耍了，登时气得躺倒，叹道："最了解诸葛亮的，果然是司马懿！"

因为太过伤感，曹真忧劳成疾，只得返回洛阳养病，留下郭淮、孙礼、张郃防守长安诸道。

趣味链接：魏延脑后真的有反骨吗

在本回中，蜀将魏延斩杀魏军猛将王双的桥段令人印象深刻，执行诸葛亮的计划也有条不紊，这样的人，怎么会得到一个"脑后有反骨"的评价呢？

首先，说魏延脑后生有反骨，有可能说的是魏延后脑枕骨突出，脑壳形状和大多数人不一样。其次，说魏延脑后生有反骨，可能出于诸葛亮对魏延的偏见，因为魏延有背叛主公的"黑历史"，诸葛亮怀疑他的人品也在所难免。

看过前文的小伙伴，大概还记得，魏延曾是刘表旧部，在襄阳城下时，他曾砍杀守门将士，放下吊桥，大开城门，迎刘备入城，可惜被文聘阻拦。投靠韩玄后，因为要保全黄忠，魏延杀了韩玄，转而投奔刘备。虽然两次背主都是事出有因，虽然都是为了追随刘备，但因为"背主"这个行为，导致魏延被别人看低。诸葛亮秉持的是儒家思想，对于不忠不孝之人深恶痛绝，魏延入不了他的眼在所难免。

《三国演义》小说里"安排"了魏延的叛徒人设，而且写他最后背叛蜀汉，被诸葛亮设计除去，都是虚构的情节，是为了让小说起伏跌宕、扣人心弦。历史上真正的蜀汉将领魏延，立下赫赫战功，官至汉中太守、镇远将军，深得蜀主刘备信任、丞相诸葛亮重用。因为遭到丞相长史杨仪的妒忌、陷害，惨遭诛杀。大概也是他最后这个悲剧的结局，才有了罗贯中为他杜撰出的叛徒人设吧。

《三国志》的作者陈寿评价魏延说，这个人能干归能干，就是人比较高冷、骄傲，不好相处。丞相长史杨仪看他不顺眼，与他势同水火。诸葛亮去世后，杨仪想要除掉他，他起兵也只是想除掉杨仪，并无谋反之意。